DREAMBOOKS★

정령의 펜던트

발렌 판타지 장편소설

ORIGINAL FANTASY STORY & ADVENTURE

★
dream
books
드림북스

정령의 펜던트 8 손금을 보는 아이

초판 1쇄 인쇄 2020년 7월 20일
초판 1쇄 발행 2020년 8월 7일

지은이 발렌
발행인 오영배
편집 편집부
일러스트 보살
만화 빅피
표지 · 본문 디자인 오정인
제작 조하늬

펴낸 곳 (주)삼양출판사 · 드림북스
주소 서울시 강북구 도봉로 173
대표 전화 02-980-2112 팩스 02-983-0660
편집부 전화 02-987-9393 팩스 02-980-2115
블로그 blog.naver.com/dreambookss
출판등록 1999년 3월 11일 제9-00046호

ⓒ 발렌, 2020

ISBN 979-11-283-9855-1 (04810) / 979-11-283-9513-0 (세트)

드림북스는 (주)삼양출판사의 판타지 · 무협 문학 브랜드입니다.

8

발렌 판타지 장편소설

ORIGINAL FANTASY STORY & ADVENTURE

◆ 손금을 보는 아이 ◆

정령의 펜던트

dream
books
드림북스

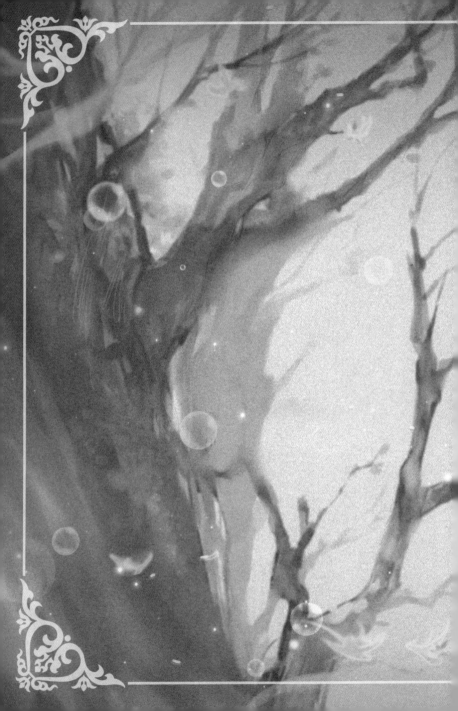

목차

---◆---

---◆---

Chapter 1.
예외는 없다

1.

리암이 황도에서의 업무를 마치고 해밀턴의 저택에 도착한 것은 해가 기울어져 갈 무렵이었다. 평소보다 오래 황도에 머물면서 많은 사람을 만난 탓인지 유독 피곤기가 가시질 않았다. 따뜻한 물에 몸을 담그고 포도주를 한잔한 뒤 내일 오후 늦게까지 잠을 자는 것이 그의 일차적인 계획이었다.

그러나 저택에 들어선 순간 리암은 그 목표를 이루기 쉽지 않겠다는 생각이 들었다. 집에 뭔가 문제가 생겼음을 대번에 알아차린 것이다. 문을 열어 준 집사는 물론이고 다른 하인들 역시 그의 눈치를 살피고 있다는 게 느껴졌다.

"무슨 일이지?"

우비도 벗지 않은 채 리암이 굳은 얼굴로 묻자 집사가 선뜻 답하지 못하고 머뭇거렸다. 그때 안쪽에서 누군가 걸어 나왔다.

"이제 오십니까, 리암 님."

"자네는 호프만 경이 아닌가? 만월 기사단이 우리 집에는 어쩐 일이지?"

그렇게 묻는 리암의 눈빛이 흔들린 건 호프만의 뒤로 만월 기사단이 몇 명 더 보였기 때문이다. 단순히 안부 인사를 전하러 온 것이 아님을 알 수 있는 대목이었다.

"부인과 데릭은 어디 있느냐?"

그가 왔다는 것을 알면서도 나와 보지 않는다는 건 문제의 대상이 그들 중 하나라는 뜻이었다. 아니면 그 둘 다 이거나.

"위층에 계십니다."

"잠시 기다려 주겠나?"

리암이 호프만에게 양해를 구한 뒤 성큼성큼 계단을 올랐다.

"아버지……."

그 계단의 끝에서 리암을 맞은 건 막내딸인 릴리스였다. 그녀가 걱정 가득한 얼굴로 불안하게 복도를 서성이고 있었다.

"네 어머니가 날 말려 보라고 하더냐?"

"…아닙니다."

"한데 왜 벌 받는 사람처럼 예 서 있어? 네가 무슨 잘못을 했다고?"

아직 아무런 말도 듣지 않았지만, 리암은 알고 있었다. 그의 막내딸인 릴리스는 이번 일에 아무런 연관도 없을 것이다. 녀석은 늘 그랬다.

사고를 치는 건 언제나 장남인 데릭의 몫이었고, 그런 놈을 아들이라고 감싸 주는 부인이 항시 문제였다.

"그게…… 어머니께서 요 며칠 통 식사를 하지 못하셔서 얼굴이 반쪽이 되셨습니다. 이러다 크게 탈이라도 나시는 건 아닐지……."

"염려 마라. 며칠 굶는다고 해서 사람이 그리 쉽게 죽지는 않으니까."

"하지만 아버지……."

"넌 그만 네 방에 가 있거라."

리암은 쓸데없는 대화로 기운을 빼고 싶지 않았다. 그의 신경을 건드리는 건 둘만으로도 충분하다.

무슨 사고를 또 어떻게 친 것일까. 그가 차오르는 분노를 겨우 억누르며 방으로 들어갔다.

쾅!

노크도 없이 문이 벌컥 열렸고 다시금 거칠게 닫혔다. 그럼에도 그의 부인, 라메리스는 침대에 누운 채 꿈쩍도 하지 않았다.

예상했던 바였다. 한두 번 보던 장면도 아니기에 리암은 신경질적으로 우비를 벗어 바닥에 집어 던졌다. 그리고 소파로 가 한참을 가만히 앉아 있었다.

타다닥. 타다닥.

창밖으로는 여전히 지긋지긋한 비가 내렸다. 건조한 곳에 오래 있다 와서 그런지 조금은 이 비가 반갑기도 했었다.

하나 지금은 짜증만이 일 뿐이다. 이 모든 게 저 빌어먹을 비 때문인 것 같아서 도무지 화가 가라앉지를 않았다.

"이리 오시오."

그렇게 얼마나 지났을까. 해가 완전히 지고 컴컴한 어둠이 사위를 가로막았다. 리암이 최선을 다해 나긋한 어조로 부인을 불렀다.

자는 척 계속 눈을 감고만 있던 라메리스가 그제야 조용히 일어나 남편에게로 다가왔다.

일렁이는 촛불 속에서 야윈 그녀의 얼굴이 시야에 들어왔다. 며칠 굶었다는 릴리스의 말이 사실인 모양이었다.

"그래, 무슨 일이오?"

이전엔 척만 하던 단식을 진짜로 행하였다는 건 그만큼 일의 사안이 중하다는 뜻일 터. 대체 무슨 일이기에 만월 기사단까지 동원된 것인지 속히 알아야 했다.

"…아직 못 들으셨습니까?"

"밑에 만월 기사단이 와 있더군. 부인에게 먼저 얘기를 듣는 것이 순서일 것 같아 일단 올라왔소. 저들이 내 집에 와 있는 연유가 무엇이오?"

"……."

"데릭 때문이오?"

쉽게 말을 잇지 못하던 라메리스가 흠칫 몸을 떨자 리암이 한숨을 푹 내쉬었다.

"내 그럴 줄 알았지. 이번엔 뭔 사고를 친 게요?"

"별일도 아닙니다. 그냥 조용히 넘길 수도 있는 일을 바율이 이 난리로 만들었지 뭡니까!"

"…바율이?"

"네! 그 녀석이 데릭을 저택에 감금해 둔 겁니다. 그래 놓곤 감옥에 가두지 않은 걸 다행으로 여기라고 하더군요! 제가 얼마나 수치스러웠는지 아십니까?"

"…부인은 아직 데릭이 무슨 잘못을 저질렀는지 말하지 않았소."

판단은 모든 걸 들은 이후에 해도 늦지 않는다. 리암이 엄한 눈초리로 부인에게 명했다.

"그냥…… 조금…… 썼을 뿐입니다."

"무얼 말이오?"

"…광물 말입니다! 그걸 조금 가져갔다고 도둑질이라고 매도를 하다니! 어디 이게 사촌 형에게 할 말입니까?"

"광물? 설마…… 얼음 광산에서 나는 광물을 데릭이 빼돌렸다는 말을 하는 것이오, 지금?"

전혀 생각지도 못한 발언에 리암의 눈이 휘둥그레졌다. 만월 기사단이 끼어든 만큼 그저 그런 일은 아닐 거라 여겼지만, 이건 정말이지 예상 밖이었다.

그게 어떤 광물인데 주제도 모르고 건드린단 말인가!

너무 기가 막힌 나머지 리암은 잠시 숨조차 제대로 쉬기 힘들었다.

"데릭 그 자식이 드디어 미친 게로군!"

"아무리 그래도 자식인데 미쳤다니요! 데릭이 어디 그러고 싶어서 그랬겠습니까?"

"뭐요?"

"이게 다 당신이 친자식은 뒷전 취급하고, 바율만 챙겨서 그런 거 아닙니까! 그 잘난 형님 뒤치다꺼리나 나서서 다 하고, 어디 우리 집안일에 관심이나 있었어요?"

또 같은 소리였다. 이런 일이 터질 때마다 매번 듣는, 변하지 않는 레퍼토리였다.

"형님을 돕는 일이 곧 란데르트 가문의 일이니, 그것이 곧 집안일이나 마찬가지라고 내 몇 번을 말했소? 그리고 그건 데릭이 광물을 빼돌린 것과는 전혀 상관이 없는 문제요!"

"왜 상관이 없어요? 데릭이 거슬린 게 아니라면, 그 어린 녀석이 작은어미인 나를 그리 업신여길 수가 있답니까? 제가 본성에 가서 어떤 취급을 받은 줄은 아세요?"

"본성에 갔었소?"

그제야 라메리스는 아차 싶었다. 이 얘기는 하는 것이 아니었는데, 흥분을 하는 바람에 저도 모르게 막 뱉고 말았다.

남편의 가늘어진 눈매가 좀 겁이 났지만, 이렇게 된 거 하고 싶은 말을 다 하기로 했다.

"그래요! 좀 따지려고 갔어요! 제가 어디 못 갈 데를 간 건가요?"

"형님도 안 계신 때, 고작 열여섯 살인 조카에게 뭘 따진단 말이오? 정녕 제정신이오?"

"하핫! 고작 열여섯이요? 그 어린 조카가 데릭의 혼사를 깨 버리겠다고 협박을 한 건 알고나 그런 말씀 하시는 겁니까?"

"…바율이 협박을 해?"

"자기 아비한테 우리를 이르겠다고 합니다. 혼사를 깨는 것쯤은 말 한마디로 하실 수 있는 분이라면서! 눈을 어찌나 똑바로 뜨고 대들던지, 예전에 제가 알던 아이가 아니었어요."

그날을 생각하면 지금도 분통이 터진다는 듯 라메리스가 표독한 표정을 지었다.

"당신이 그 아이한테 어떻게 했는데 우리한테 이럴 수가 있어요? 데릭이 자기 자리를 넘볼까 싶어 미리 손을 쓰는 것 같았다니까요!"

"부인, 말조심하시오."

"그 어린놈에게 어떤 야망이 숨어 있을지 혹시 압니까? 쌍둥이 형도 죽게 한 녀석이에요. 그게 다 계획적이었을지도 모른다고요!"

"그 입 닥치지 못하겠소! 경고하는데, 또다시 그런 식으로 한 번만 더 입을 연다면 경을 칠 것이오. 내 그때는 결코 그냥 넘어가지 않을 것이니 단단히 각오해야 할 거요!"

리암이 어느 때보다 무섭게 부인을 노려보았다. 살가운 남편은 아니었지만, 그래도 이런 취급을 받았던 적은 없었기에 라메리스는 꽤 당황했다.

"명심하시오. 이후로 바일에 관해선 그 어떤 말도 입에 담지 마시오. 형님과 바율의 상태가 많이 나아졌다고는 하나, 그건 영원히 지우지 못할 상처란 말이오. 아시겠소?"

"…당신은 끝까지 당신 형과 조카만 챙기는군요."

"오히려 부인이 날 그렇게 보고 싶은 것 아니오? 내가 우리 가족을 위해 무슨 일을 하고 있는지는 전혀 알지도 못하면서 말이지."

"…그게 무슨 뜻이에요?"

라메리스가 물었지만 리암은 답하지 않았다. 그 누구라도 알아서는 안 될 일이었다. 이건 오로지 자신만이 홀로 안고 가야 할 문제였다.

"그래서 데릭은 지금 뭘 하고 있는 거요?"

상황이 대충 그려졌다. 데릭이 광물을 빼돌렸고, 어쩌다가 바율이 그걸 알아낸 것이다. 형님과 자신이 돌아올 때까지 처벌을 미루며 선택한 게 자택 구금인 셈이다.

스물셋이나 되어서 열여섯의 사촌 동생에게 그런 취급을 당하다니. 아들이지만 참으로 한심하기 짝이 없었다.

"뭘 하긴요. 자기 방에서 반성하고 있겠죠."

"반성? 홋, 내가 그 녀석을 모르오?"

반성은커녕 술이나 진탕 퍼마시고 늘어져 자고 있겠지.

"한데 광물을 빼돌린 것에 대해서는 왜 안 물어보십니까? 뭐에 썼는지는 궁금하지도 않으신 겁니까?"

여태 녀석과 함께한 그녀도 알 수 없었기에 라메리스가 의아함을 갖고 물었다.

"그걸 꼭 물어야 아오?"

"알고 계신다고요? 광물을 훔친 것도 이제 아신 분이 어떻게……?"

"노름빚이 생긴 게지."

"뭐, 뭐요? 노름빚?"

"처음도 아니오."

"처음이 아니라니요? 그럼 데릭이 예전부터 노름을 해왔다는 말씀입니까?"

"어디 노름만 했겠소?"

살인만 저지르지 않았지, 그에 준하는 죄란 죄는 거의 다 저질렀었다. 그걸 지금껏 형님 모르게 뒷수습하고 처리한 것이 리암, 본인이었다.

"지금까지는 형님 모르게 내 선에서 해결했지만, 이번은 그럴 수 없을 것 같소."

"하, 하면…… 우리 데릭은 어찌 되는 겁니까?"

란데르트 공작이 얼마나 고지식한지는 제수인 그녀도 잘 알았다. 공작이 개입하면 조카라고 봐주는 일은 절대 없을 것이다. 공과 사가 누구보다 뚜렷한 이가 바로 란데르트 공작이었다. 그래서 일부러 본성까지 찾아가 그 난리를 쳤던 것인데.

"감옥에 가야겠지."

"뭐, 뭐라고요?"

"그게 가장 나은 방법이야."

리암은 이미 마음을 정했다. 차마 하나뿐인 아들을 노역에 동원할 수는 없었다. 감옥행이라면 그나마 조용하게 넘어갈 수라도 있었다.

"그럼 레드윈 가문과의 혼인은 어떡하고요! 거기서 데릭이 감옥에 들어간 걸 알면, 딸을 내어 주겠습니까?"

"아직도 포기하지 못한 게요?"

"네?"

"데릭 녀석은 앞으로 다시는 그런 혼처를 구하지 못할 거요. 녀석이 엄청난 큰 공이라도 세우면 모를까, 그런 한심한 놈한테 누가 귀한 자식을 내주겠소?"

"데릭도 우리에게는 귀한 자식입니다! 어찌 남 얘기하듯 그러십니까?"

이럴 때 보면 남편이 아니라 아주 남이었다. 아니, 남보다도 못했다.

"릴리스라도 제대로 된 가문과 혼사를 시키려면 부인도 조용히 있는 것이 좋을 것이요. 데릭은 내가 알아서 처리하리다."

"뭘 어떻게 하실 작정인데요?"

"빌어야지."

"……!"

"자식을 잘못 키웠으니 아비인 내가 빌어야지 별수 있겠소? 하니 부인도 당분간 자중하시오."

형님이 얼마나 봐주실지는 모르겠다만 일단은 이 상황에서 리암이 할 수 있는 가장 최선은 그것뿐이었다.

그가 바닥에 팽개쳤던 우비를 다시 집어 들고 만월 기사단이 기다리고 있을 아래층으로 빠르게 내려갔다.

2.

아버지께.

아버지, 바율입니다.

폐하의 결혼식은 무사히 잘 치러졌겠지요?

로이안 황제와의 만남은 어떠셨는지, 별일은 없으셨는지 궁금하기도 하고 걱정도 됩니다.

저는 본성에서 오랜만에 잘 쉬었습니다. 간간이 커닝 집사님을 도우면서 아버지께서 평소 얼마나 많은 일을 하며 지내시는지도 알게 되었습니다.

돌아오실 때까지 본성에 남아 있고 싶었지만, 에이단에게 부득이한 사정이 생겨서 어쩔 수 없이 돌아오시기 전에 출발하게 되었습니다. 인사도 못 드리고 떠나 죄송스럽습니다.

곧 개학이라서 겨울 방학이 되어서나 해밀턴에 다시 돌아올 것 같습니다.

그때까지 부디 강녕하십시오.

아버지를 존경하는 아들, 바율 올림

"바율이 에이단의 서찰을 받고 캐링스턴으로 떠났다고?"

"네, 영주님."

"무슨 일인지는 듣지 못하였나?"

"답하기 곤란하실 수도 있을 것 같아 여쭤보지 않았습니다만, 리타의 말을 유추해 보건대 도련님의 친구분이 집에 갇혀 일만 하며 지내시는 모양입니다."

"갇혀서 일만 해?"

란데르트 공작의 미간이 좁아졌다. 에이단은 레오네트 백작의 손자였다. 제국에서 제일가는 부자 가문에서 방학 중인 어린 손자에게 일을 시킨다는 게 그로서는 선뜻 이해가 가지 않는 얘기였다.

"바율 도련님께 구해 달라는 식으로 편지를 쓰신 것 같습니다. 리타 녀석이 해밀턴에 더 있지 못하게 돼서 골이 났는지 혼잣말로 투덜투덜하더군요."

"구해 달라고 할 정도란 말인가?"

황도에서의 긴 일정을 마치고 해밀턴으로 돌아오는 길이 어느 때보다 설레고 기대되었던 공작이다. 바율이 기다리고 있다는 사실 하나가 그를 그렇게 만들었다.

한데 막상 돌아온 성에 아들은 없고 서찰만이 그를 반겼다. 실망하지 않았다면 거짓말일 것이다. 녀석이 말하는 겨울 방학까지는 족히 사 개월은 있어야 하는데, 그때까지 아들을 볼 수 없다는 사실에 그는 크게 낙심했다.

"방학 중 서찰까지 보낼 정도면 각별한 사이가 아니겠습니까? 친구분이 진심으로 걱정되시는 눈치셨습니다. 영주님이 오실 날을 손꼽아 기다리시던 도련님이신데, 어쩔 수 없는 선택을 하신 게지요."

"지금 날 위로하는 건가?"

"바율 도련님께서도 영주님을 보고 싶어 하셨다는 것을 알려 드리는 겁니다."

"그게 그 말 아닌가. 내 얼굴에 티가 너무 났나 보군."

란데르트 공작이 피식 웃으며 아들의 편지를 한 번 더 읽어 내렸다. 그리 긴 내용은 아니었으나, 고심하며 썼을 녀석을 생각하니 애틋하면서도 대견한 마음이 든다.

"남은 방학 동안 바율과 체스 게임이나 둘 생각이었는데 아쉽게 되었군."

"아직 한 번도 이기지 못하신 건 아십니까?"

"…봐주는 중일세. 하나뿐인 아들 기 좀 세워 주려고."

커닝 집사는 속으로 웃음을 겨우 삼켰다. 영주님께서 이렇게 농담을 하시는 게 얼마 만인지 모르겠다. 부자간의 관계 회복은 성의 많은 것들을 달라지게 하였다. 개중 가장 기쁜 일이 바로 지금과 같은 순간이었다.

영주님께서 다시 웃으실 날을 얼마나 기다렸던가.

꼬박 2년 만이었다.

바일 도련님이 돌아가신 뒤 줄곧 우울했던 성내가 이제야 겨우 제자리를 찾아가고 있었다. 이대로 모든 것들이 순리대로만 잘 풀린다면 더는 소원이 없겠다.

"그래, 내가 없는 동안 바율이 무슨 일을 도왔는가? 결재 서류에 사인이라도 했는가?"

"물론이지요. 쉬어도 괜찮다는 소인의 말에도 아주 열심히 일하셨습니다."

"하면 내 할 일이 많이 줄었겠군."

그건 판단하는 이가 누구냐에 따라 달라지는, 상당히 주관적인 문제였다.

"……."

그에 커닝 집사가 바로 답을 하지 못하자 란데르트 공작이 표정을 굳혔다.

"꼭 그렇지는 않은 모양이군."

"…사실 아직 말씀드리지 못한 것이 있습니다. 급한 사안이오나 도련님의 서찰을 먼저 읽어 보시는 게 좋을 듯하여 잠시 미루어 두었습니다."

갑자기 커닝 집사의 분위기가 진지해졌다. 원래도 가벼운 편은 아니지만, 조금 전이 일상적인 보고였다면 지금은 목소리마저 심각했다. 란데르트 공작은 보통 일이 아님을 직감했다.

"데릭 도련님에 대한 것입니다."

"데릭? 리암의 아들, 데릭 말인가?"

여기서 왜 조카의 이름이 튀어나오는지 공작은 순간 어리둥절했다.

"네, 영주님. 놀라지 마십시오. 얼마 전 얼음 광산에서 갱도가 무너지는 사고가 있었습니다."

"무, 무어라? 갱도가 무너져?"

커닝 집사가 놀라지 말라고 미리 언질을 했음에도 공작의 눈이 부릅떠졌다.

"다친 사람은? 부상자들은 지금 어디 있는가? 혹 사망자

가 있는가? 그런 중한 얘기를 이제야 보고하다니 자네답지
않군!"

광산이 무너졌다는 아찔한 소식에 란데르트 공작의 음성
에 노기가 서렸다.

"사망자는 다행히 한 명도 없었습니다. 부상자 역시 전
부 제때 치료를 받고 완전히 나았거나, 현재 회복 중입니
다."

"듣던 중 희소식이로군."

"그 모든 게 바율 도련님의 빠른 대처 덕분이었습니다.
사고 소식을 접하자마자 얼음 광산으로 달려가셔서 직접
진두지휘를 하신 덕에 더 큰 사고로 번지지 않을 수 있었습
니다."

"바율이 얼음 광산에 갔다고? 데릭이 아니라?"

이야기의 첫 시작은 데릭이었다. 데릭은 공작과 리암이
영지를 비울 때 광산 업무를 대신 맡는 경우가 있었다. 해
서 당연히 광산의 사고도 녀석이 처리했을 거라고 짐작했
다.

"그게…… 이걸 어떻게 말씀드려야 할지……."

사실을 전하긴 해야 하는데, 당사자의 신분이 신분인지
라 커닝 집사는 쉬이 입이 떨어지지를 않았다.

똑똑.

"공작 전하, 사다드입니다."

마침 그때 공작의 수행 기사 사다드가 집무실 문을 두드렸다.

"쉬러 간다더니, 무슨 일인가?"

그는 공작과 함께 긴 시간을 황도에서 시달리다가 이제 막 도착했다. 내일 오전까지는 푹 쉬라 명했거늘, 어째서 다시 왔는지 공작의 눈초리가 까끄름하게 올라갔다.

"기사단 숙소에 갔다가 들었습니다. 데릭 도련님께서 사고를 치셨다고요?"

"…사고?"

"아직 못 들으신 겁니까?"

"이제 막 말씀드리려던 참이었습니다."

란데르트 공작이 조금은 황당하다는 눈빛으로 커닝 집사를 바라봤다. 무려 '사고'라니. 대관절 그의 조카가 무슨 일에 연루가 된 것인지 이제는 반드시 들어야 했다.

"…데릭 도련님이 얼음 광산의 광물을 빼돌리셨습니다."

"……!"

"광산이 무너진 것도 인부들을 재우지 않고 새벽 작업을 시키는 바람에 졸음 사고가 일어난 거라고 합니다. 바욜 도련님께서 인부들을 구출하러 가셨다가 조사를 통해 알아내신 사항입니다."

"증거는?"

"매수된 인부들과 데릭 도련님의 자백이 있었습니다. 이언 경과 후안 사제께서 그 자리에 함께 계셨다고 하더군요."

"…데릭은 지금 어디에 있지?"

"일단 저택에 구금해 두었습니다. 또한 혹시 모를 도주를 막고자 만월 기사단에게 지키라고도 명하셨습니다."

"그 모든 걸 바율이 지시하였단 말인가?"

"네, 영주님. 많이 괴로워하셨습니다."

남도 아닌 사촌 형이었다. 그 녀석 성격에 결코 쉽지 않은 결정이었을 것이다.

"장하군."

"제 말이 그 말입니다."

듣고만 있던 사다드가 편을 들고 나섰다.

"바율 도련님께서 공작 전하가 안 계신 사이에 그런 판단을 하고 일 처리까지 완벽하게 해내셨다는 게, 저는 정말이지 소름이 쫙 끼쳤습니다!"

해서 숙소에 들어서자마자 이야기를 전해 듣고 달려온 것이었다. 마침 캐링스턴에서 도착한 편지를 전해야 할 의무도 있었고 말이다.

"감옥에 가두는 건 너무한다 싶었겠지."

"예, 어찌 되었든 사촌 형이니까요. 데릭 도련님께서 대체 어쩌자고 그런 중죄를 범하셨는지 모르겠습니다."

사실 숙소에서는 이미 놈, 놈 하며 욕을 늘어놓았지만, 차마 공작의 앞에서까지 그럴 수는 없었다. 데릭은 그가 모시는 주군의 둘도 없는 형제인 리암의 하나뿐인 아들이었다.

"어떻게 처리하실 겁니까?"

"그리 묻는 저의가 뭔가?"

"그래도 공작 전하께는 조카가 아닙니까."

"해서. 봐주라고?"

"아니요. 솔직한 심정으로는 그러지 않으셨으면 합니다. 하오나 공작 전하의 마음 역시 일반 영지민들을 처리할 때와는 다르지 않겠습니까? 그래서 여쭤본 것입니다."

"다르지 않다."

공작은 단 한 순간도 흔들리지 않았다. 조카가 그런 짓을 벌였다는 것에 놀라긴 했지만, 녀석을 봐줄 생각은 눈곱만큼도 없었다. 그러길 기대하거나 바라고 있었다면 그건 공작을 몰라서 하는 소리였다.

"조카라고 예외는 없다."

"하지만 리암 님께서 가만히 계시겠습니까?"

"녀석도 나와 같은 생각일 테니 염려할 필요 없다."

란데르트 공작은 사다드의 말을 단칼에 잘랐다. 그의 동생은 자신처럼 공과 사가 확실한 편이었다. 아들의 범법 행위가 가슴은 아프겠지만, 그렇다고 가볍게 넘길 인사는 아니었다.

"하면 그 사안은 염려 접어 두겠습니다. 여기, 서찰 받으십시오."

란데르트 공작의 단언에 어쩐지 기가 죽은 사다드가 다른 용건을 꺼냈다.

"이언 선배가 보낸 겁니다."

"캐링스턴으로 떠난 지 얼마 되지도 않았거늘, 그새 서신을 보낼 일이 뭐가 있지?"

"라예가르 이사장에게 붙인 자들을 모조리 물리라는 전갈입니다."

"…물려?"

"네, 안 그래도 그 문제로 내심 신경을 쓰고 있었는데, 이제야 이유를 찾아냈습니다."

"무슨 신경을 쓰고, 무슨 이유를 찾아냈다는 건가?"

황도에서의 업무가 많아 따로 보고를 드리지 못했다. 사다드는 뒤늦게 라예가르 이사장에게 체이서를 붙이고 있었던 일들에 대해 설명했다.

"…그러니까 체이서가 그대로 사라지거나, 불구가 되거

나, 이사장에게 잡히거나…… 등등의 많은 일들이 있었는데, 알고 보니 그가 마법사라고 하지 뭡니까. 그것도 매우 실력 좋은 고위 마법사, 최소 6서클 이상입니다."

"…뜻밖의 소식이 참으로 많은 날이군."

믿었던 조카에게는 광물을 도난당하고, 수상하기 짝이 없었던 이사장의 정체는 마법사란다.

"6서클 이상이라는 사실을 우리 쪽에서 아무도 몰랐다는 건, 마법으로 실력을 숨겼다는 얘기겠지?"

"네, 공작 전하. 그래서 이언 선배도 최소라고 명시한 것 같습니다."

"마법사라고 해서 자금의 출처가 불분명한 게 해결된 것은 아니다. 난 외려 그가 마법사라고 하니 더 의심스럽군."

고위 마법사는 나라에 등록되어 따로 관리를 받는 것이 일반적이었다. 전폭적인 지지 하에 많은 연구를 할 수도 있지만, 그런 만큼 간섭을 피하기도 어렵다.

그것이 싫어 등록만 한 채로 세상과 담을 쌓고 멋대로 살아가는 마법사도 있기는 하나, 그에 따른 오해 역시 본인이 풀어야 할 숙제였다.

"여기 이언 선배의 편지입니다. 직접 읽어 보십시오."

"아니다. 이건 나중에 읽도록 하마. 손님이 찾아온 듯하니."

"자리를 물리겠습니다."

커닝 집사와 사다드는 눈치가 빠른 편이었다. 오늘 이 시각에 공작을 찾아올 자는 한 명뿐이었다.

"형님, 접니다."

잠시 후, 공작의 집무실 안으로 들어선 건 예상했던 대로 리암이었다. 그가 기차에서의 옷차림 그대로 본성을 찾았다. 그런 그의 표정은 결전을 앞둔 사람처럼 비장했다.

3.

"죄송합니다, 형님."

리암은 안으로 들어서자마자 자리에 앉지도 않은 채 고개부터 숙였다. 그런 동생을 잠시 착잡하게 바라보던 공작이 소파를 가리키며 명했다.

"와서 앉거라."

리암이 말없이 걸어와 공작의 건너편에 착석했다.

"얘기는 들었다. 데릭이 광물을 훔쳤다지?"

"…면목 없습니다. 이게 다 제 불찰입니다. 때려서라도 진즉에 버릇을 고쳐 놨어야 했는데, 자식이 뭐라고 모질게 굴지를 못해서 이런 사달까지 만들었습니다."

시선을 내리깐 채 리암이 속죄하듯 말을 이었다.

"입이 열 개라도 할 말이 없습니다. 모든 게 녀석을 잘못 가르친 제 탓입니다."

"때려서라도 버릇을 고쳐 놓았어야 했다니, 그게 무슨 소리냐? 상세히 말하거라."

"…그간 창피해서 말씀드리지 못했습니다만, 사실 녀석이 도박에 빠지는 바람에 자잘한 사고가 몇 번 있었습니다……."

"도박?"

상상도 못 한 이유였다. 데릭을 만날 때마다 제 아비를 닮아 늘 잘 컸다 생각했거늘, 이 무슨 날벼락이란 말인가. 말하는 이가 리암이 아니었다면 절대 믿지 못했을 만큼 충격적인 사실이었다.

"처음엔 한두 번 재미 삼아 했던 모양입니다. 그러다 말겠거니 하고 적당히 타일러 넘겼습니다. 한데 어느 날 보니 거의 중독 수준이 되어 있더군요. 엄하게 꾸짖고 다신 도박장에 얼씬도 하지 않겠다는 약조까지 받아 냈건만…… 결국은 이 지경에 이르렀습니다. 바쁘다는 핑계로 신경을 제때 쓰지 못한 제 과오지요. 형님 보기가 부끄럽습니다."

"그런 이유라면 너뿐 아니라 나도 책임이 있겠구나."

"…예?"

란데르트 공작의 갑작스러운 말에 리암이 고개를 들었다.

"네가 바쁜 이유는 대부분이 나 때문 아니더냐. 하니 내게도 책임이 있겠지."

"아닙니다, 형님! 무슨 말씀을 그리하십니까? 부모로서제 소양이 부족한 탓입니다. 처음 녀석의 잘못을 알았을 때따끔하게 훈계를 해야 했는데, 안일하게 여기고 지나쳤습니다. 제가 못나게 군 죄가 큽니다."

"너도 너지만, 제수씨가 마음고생이 심하였겠구나."

자신이 아들을 잃어 슬픔에 잠긴 사이, 동생의 가정 역시그리 평탄하지는 않았다는 것에 공작은 씁쓸함을 금할 길이 없었다.

"…제가 해밀턴에 있는 동안은 욕구를 잘 다스리는 듯하였는데, 알고 보니 제가 자리를 비울 때마다 도박장에서 거의 살다시피 한 것 같습니다. 그러다 빚을 크게 지었고요."

"그 빚을 갚기 위해 광물에 손을 댄 것이로군."

이제야 비로소 앞뒤가 맞아 들어가며 이해가 되었다.

"도박이라는 게 한번 빠져들면 인간을 인간답지 못하게한다더니, 데릭이 딱 그 짝입니다. 감히 얼음 광산의 광물에 손을 대다니요! 제 자식이지만 미쳤다는 표현밖에는 할말이 없습니다."

다시 생각해도 기가 막힌지 리암의 말투가 격해졌다.

"그게 어떤 광물입니까? 형님께서 얼음 광산을 얼마나 중히 여기는지 다 아는 놈이 어떻게 그런 짓을 벌일 수 있단 말입니까! 정신이 나갔던 게 틀림없습니다."

"그래서 데릭은 지금 어디에 있느냐?"

"…바율의 명으로 만월 기사단이 저택을 지키고 있더군요. 그들에게 일단 감옥으로 데려가라 지시했습니다."

그 결정이 그리 쉽지만은 않았는지 리암의 안색이 잠깐 사이에 핼쑥해졌다.

"저도 함께 근신토록 하겠습니다. 자식을 잘못 키웠으니 합당한 벌을 받아야지요."

"넌 죄가 없다. 연좌제 따위로 너를 속박할 생각 없으니 그냥 좀 쉬도록 해라."

"아닙니다, 형님. 봐주지 마십시오. 제게도 분명 책임이 있습니다."

"책임은 데릭에게 묻겠다."

란데르트 공작의 음성은 단호했다.

"조카라고 봐주지 않을 것이다. 스물셋이면 어엿한 성인이다. 죄를 지었으면 그에 대한 처벌을 받는 것이 마땅한 법. 그 수위는 조사를 통해 정할 터이니, 너는 그만 돌아가서 눈 좀 붙이거라. 꼴이 말이 아니다."

"제가 직접 하겠습니다. 형님께 더 이상 폐를 끼치고 싶지 않습니다."

"그건 너와 데릭 둘에게 다 못 할 짓이다. 서로를 보는 것만으로도 힘들 터인데, 조사가 진행이 되겠느냐? 이 일은 사다드에게 맡길 것이다."

"…사다드요?"

"그래, 하니 너는 제수씨와 릴리스나 챙기려무나. 충격이 만만치 않을 터이니. 사다드!"

란데르트 공작의 부름에 밖에서 대기하고 있던 사다드가 곧바로 문을 열고 들어왔다.

"공작 전하, 부르셨습니까."

"만월 기사단이 데릭을 감옥으로 데려갔다고 하니 가서 확인 후 조사에 착수하라. 언제부터 광물을 빼돌렸는지, 빼돌린 수법은 무엇인지, 그걸 어디에다가 어떤 식으로 팔아치웠는지 등 연관된 자 전부를 잡아 샅샅이, 면밀하게 수사하도록 하라."

"최대한 신속히 처리하겠습니다."

"한 가지 더."

뒤돌아 나가려던 사다드를 란데르트 공작이 잡아 세웠다.

"해밀턴 시내에 위치한 모든 불법 도박장을 찾아내 검사토록 하라. 주사위, 골패, 마작, 트럼프 등 돈을 걸고 내기를 벌이는 곳이라면 하나도 빠짐없이 몽땅 시행하도록!"

이참에 아예 뿌리를 뽑을 것이다. 그래야 같은 일이 다시 반복되지 않으리라. 그것이 조카인 데릭을 지키기 위한 란데르트 공작 나름의 방식이었다.

'그러니 서운해하지 말거라.'

리암은 아무 말 하지 않고 있지만, 동생의 속이 어떨지는 공작이 누구보다 잘 알았다.

이러나저러나 자식이었다. 아무리 못난 짓을 벌였다 하더라도 자식을 염려하는 부모의 마음이란 다 같은 법이다.

현명한 동생이니 알아서 잘 이겨 내겠지만, 일의 경중이 무거운 만큼 란데르트 공작의 시름도 깊어 갔다.

Chapter 2.
빨강이 좋아

1.

레오네트 백작과의 식사 면접(?)을 무사히 끝낸 바율과 친구들은 이 층 에이단의 방으로 자리를 옮기고서야 마침내 그들만 남게 되었다.

이렇게 뭉치는 것은 방학 이후로 오늘이 처음이었다. 다른 녀석들은 어떨지 모르겠으나, 바율은 하고 싶은 말이 무척이나 많았다. 무엇부터 꺼내야 할지 난감할 정도로 말이다.

"오호, 이게 에이단 네 방이란 말이지? 제국의 최고 부자 가문이라기에 엄청나게 으리으리할 줄 알았는데, 꼭 그렇지도 않다?"

"이사장님 취향에 비하면 검소한 편이긴 하지."

라예가르의 저택에 이미 가 보았기에 일라이가 어떤 환경에서 자랐을지 능히 짐작이 가는 부분이었다.

"갑자기 그 인간 얘기는 왜 꺼내냐? 기분 잡치게!"

"내가 거기로 편지 보냈는데, 그거 받고 여기 온 거 아니었어?"

"뭐? 어디로 편지를 보내?"

그 무슨 되지도 않는 소리냐는 듯 일라이의 잘생긴 얼굴이 일그러졌다.

"내가 말했을 텐데? 거긴 절대 안 간다고."

"알아, 기억해."

"알면서 편지는 왜 보낸 건데?"

"혹시나 하고 보내 봤지. 너한테 연락할 곳이 거기 말고는 없으니까. 내가 얼마나 급했으면 그랬겠냐?"

"급해? 뭔 일 터졌냐?"

일라이는 시내에서 에이단의 집으로 향하는 퀸을 우연히 만나게 되는 바람에 함께 오게 된 것이었다. 정작 퀸 역시 이언에게 바율의 얘기를 듣고 따라왔을 뿐, 둘은 아무것도 알지 못했다.

"잉그리드! 내가 이 녀석 때문에 간 떨어지는 줄 알았다! 어휴!"

낮의 일을 떠올리자 다시금 식은땀이 났다. 에이단이 손가락으로 제 정수리에 놓인 잉그리드를 가리키며 긴 숨을 내뱉었다.

　"잉그리드가 왜? 예쁘게 잘만 앉아 있구먼."

　오랜만에 만난 잉그리드에게 손을 흔들며 일라이가 뒤늦은 인사를 했다. 보통 지금 같은 시간엔 꾸벅꾸벅 졸던 녀석인데, 어째선지 오늘은 멀쩡하게 깨어 있었다.

　"너도 집이 편한 거냐?"

　"삐욕!"

　일라이의 물음에 그렇다는 듯 잉그리드가 커다란 눈을 깜박이며 귀엽게 울어 댔다.

　"탈피라도 시작한 건가?"

　겉으로 생긴 변화는 없지만, 에이단의 말을 듣고 있자니 퀸은 문득 라예가르의 경고가 생각났다.

　"그래, 퀸. 너는 눈치가 빠를 줄 알았어."

　"헐! 진짜? 탈피를 했다고? 어디?"

　일라이가 가까이 다가와 살폈지만 어떤 이상도 발견할 수 없었다. 탈피라는 걸 하면 다른 모습으로 바뀐다고 하지 않았던가?

　친구들의 안면에 드러난 의문을 해소해 주고자 에이단이 지하에서 겪었던 끔찍한 사건에 대해 털어놓았다.

"뭐? 잉그리드가 너보다도 커졌었다고?"

"그게 가능한가? 크기를 자유자재로 변형시킬 수 있는 동물이 있다는 얘기는 못 들어 봤는데? 그래서 변신수라고 불리는 건가?"

"안 믿기지? 나도 내 눈으로 안 봤으면 못 믿었을 거다."

잉그리드가 쥐 떼에게 둘러싸여 바들바들 떨고 있던 장면이 떠오르자 에이단은 다시금 피가 거꾸로 솟을 것 같았다.

"덩치는 산만 해졌는데 아직도 자기가 피그미부엉이인 줄 아는 것 같아. 날갯짓 한 번이면 그런 쥐새끼들은 죄다 날아가고도 남았을 텐데, 구석에 몰려서 떨고 있는 걸 보니까 완전 미치겠더라고."

"잉그리드에게도 적응 기간이 필요할 거야. 바르가 그랬잖아. 훈련을 하면 좀 나을 거라고."

"그 너희 집 하인 말이지? 기분 나쁘게 생긴."

변신수 새끼가 맛있다느니 어쩌니 하며 헛소리를 하던 외팔이 요리사. 그를 떠올리자 일라이의 미간에 자연스레 주름이 잡혔다.

"라이, 말 가려서 해. 내가 오늘 그분한테 얼마나 큰 도움을 받은 줄 알아? 바르 아니었으면 우리 잉그리드 이렇게 무사히 내 머리 위에 있지도 못했을 거야!"

"그새 편먹었냐? 왜 이렇게 발끈해?"

"테이머 능력이 장난이 아니더라. 나는 그에 비하면 아기 걸음마 수준이었어."

"무슨 능력을 보여 줬길래 그래?"

"얼마나 대단하기에 그런 소리까지 하는데?"

일라이와 퀸이 거의 동시에 물었다. 둘에게는 동물과 교감을 나누는 에이단도 굉장히 신기하게 비쳤다. 그런데 그런 녀석이 저보다 훨씬 뛰어나다고 하니, 궁금함이 샘솟는다.

"…저기, 에이단! 아까부터 묻고 싶었던 건데, 아버지와 어머니는 어디 가신 거야? 저녁 식사 때 뵐 수 있을 줄 알았는데, 못 뵈어서 말이야."

마족인 바르에게 관심이 쏠려서 좋을 게 없었다. 당황한 바율이 내심 그런 마음을 숨긴 채 다짜고짜 화제를 돌리며 물었다.

"아, 아버지는 출장 중이시고 어머니는 동생 라라와 함께 외가에 가셨어. 너희들한테 우리 라라도 보여 주고 싶었는데 아쉽다."

틈만 나면 여동생 자랑을 하던 에이단이었다.

입으로는 '작은 오빠, 작은 오빠'를 외치며 아장아장 걸어올 때마다 어찌나 귀엽고 깜찍한지 에이단은 그때마다 심장이 쿵 내려앉았다.

"맞다! 템페스타! 그 녀석을 아직 못 봤네?"

귀염둥이 동생을 떠올리니 자연스레 바람의 정령이 생각났다. 녀석을 만나자마자 방학을 하는 바람에 제대로 놀아주지도 못했다.

"템페스타 좀 불러주라! 간만에 얼굴 좀 보게!"

"아, 템페스타는 말이야……."

"아니다! 그 전에 스피넬! 스피넬에 대해 알려 줘야지!"

저녁 식사 시간을 지키기 위해 스피넬과 거의 스쳐 지나듯 인사를 나눈 것이 전부였다. 에이단이 다소 흥분해서는 소리쳤다.

"스피넬이 뭐야?"

"바율, 얘 왜 이래?"

"그게 어떻게 된 거냐면……."

"야, 너희들 놀라지 마라. 드디어 불의 정령이 나타났다!"

"불의 정령?"

"진짜야?"

바율의 말을 가로채며 에이단이 입가를 실룩였다.

"근데 그 정령이 날 뭐라고 부른 줄 알아?"

"……?"

"에이단 님이란다. 에이단 님."

어색했던 첫 만남의 상황이 떠오르자 에이단은 키득키득 웃음이 났다.

"호오! 이번 불의 정령은 예의가 아주 바른 모양이지?"

일라이가 눈에 띄게 반색하며 바율에게로 훅 다가왔다.

"어디 있어? 에이단도 본 거면 지금 근처에 있나?"

"그럴걸? 바율 옆에 착 붙어서는 안 떨어지더라고. 호위 기사 같더라니까?"

"호위 기사?"

"어, 지하에서 만난 쥐새끼들이 바율 있는 곳으로 막 도 망치니까 바로 불로 태워 죽이더라고. 중급 정령이라던데, 그래서 그런지 느낌이 완전히 다르더라."

"중급 정령이라니?"

"이건 또 무슨 소리냐?"

바율이 입을 열 틈이 없었다. 에이단이 잠깐 들었던 설명 을 기억하고는 바율이 뭐라 말하기도 전에 설레발을 쳤다.

"불의 정령이 본인 스스로가 중급 정령이래? 다른 정령 들은 자기들 등급도 모르더만, 어떻게 불의 정령만 아는 거 야? 똑똑한 녀석인가?"

"일단 다들 진정 좀 하고 앉는 게 어때? 긴 이야기가 될 것 같거든."

아직 그들은 에이단의 방에 들어와 서성이는 중이었다.

스피넬이 중급 정령인 걸 설명하려면 추가적으로 얘기해야 할 것들이 한두 가지가 아니다. 어디서부터 말을 꺼내야 할지 정리가 필요할 정도였다.

"도련님, 후식을 준비해 왔습니다."

그때 마침 밖에서 하녀의 음성이 들렸다. 곧 문이 열리고 시원한 음료와 달콤한 케이크, 갖가지 종류의 빵과 과자들이 진열된 화려한 삼 단 트레이가 그들 앞에 놓였다. 이제 막 구워 내온 듯 냄새가 기가 막혔다.

하지만 누구도 선뜻 나서서 먹지 않았다. 어서 자백하라는 듯 바율만 뚫어지게 바라볼 뿐이었다.

"처음부터 천천히 얘기할게. 나도 스피넬을 만난 건 얼마 되지 않았어. 폐하의 결혼식 때문에 아버지께서 자리를 비우셨고, 광산이 무너져서 아버지 대신 북부 산악 지대를 갔었는데…… 갑자기 용암이 터지면서 스피넬이 나타났어."

"용암 속에서 말이지?"

"오, 역시 불의 정령이다. 완전 멋져!"

인간에게 불이란 없어서는 안 될 소중한 것임과 동시에 매우 위험한 것이기도 했다. 그래선지 불의 정령이 용암에서 튀어나왔다는 게 어쩐지 멋있다는 생각이 드는 에이단이었다.

"아무튼 그렇게 해서 만나게 되었는데, 특이하게 귀걸이를 하고 있더라고."

"귀걸이?"

"이노센트나 셰임, 템페스타는 그런 거 없지 않나?"

"맞아, 그래서 좀 이상하게 여겼는데 그게 중급 정령으로 승급하는 열쇠가 된 거야."

바율은 최대한 간략하게 그날, 스피넬이 중급 정령으로 탈바꿈했던 상황을 친구들에게 조심스럽게 설명했다.

"대애박! 그냥 귀걸이를 만졌을 뿐인데 그렇게 되었단 말이야?"

"뭔가 느낌이 이상하긴 했어. 손끝이 아픈 것 같기도 하고…… 내 몸에서 뭔가 빠져나간 것 같기도 하고…… 여하튼 묘한 기분이 들더라고."

"하급에서 중급이 되고, 그다음엔 상급이 되고…… 설마 그러다가 정령왕이 되는 건가?"

"응, 그럴 거야. 전대 정령왕들이 그렇게 되도록 안배를 해 놓은 거래."

성장한다는 말에 그냥 아무 얘기나 했을 뿐인데, 바율이 긍정하자 친구들의 눈이 휘둥그레졌다.

"전대 정령왕들의 안배라고?"

"누가 그래? 스피넬이 그래?"

바율은 고개를 끄덕이며 이번엔 스피넬이 중급 정령이 되면서 새롭게 얻은 기억의 조각에 대한 설명을 시작했다.

바율에게 멸망한 정령계를 복원시켜야 할 임무가 주어졌다는 것.

전대 정령왕들의 힘이 무슨 이유에선지 자신에게 이어졌다는 것.

바율은 자신을 한동안 당황하게 했던 사실에 관해 비교적 차분히 친구들에게 털어놓았다.

"와, 바율! 네가 대단한 인물이 될 거라는 건 알았지만, 이 정도일 줄은 몰랐다! 전대 정령왕들의 힘을 이었다니, 진짜 상상도 못 했어!"

에이단의 쩍 벌어진 입이 놀람으로 다물어지지가 않았다.

하지만 놀란 걸로 치면 퀸이 가장 심했다. 그는 바율에게서 새로운 사실이 나올 때마다 경악하며 어떤 말도 꺼내지 못했다.

인어국에 내려오는 전설 속 이야기. 아직 바율에겐 아무 말도 하지 않았지만, 내심 짐작하고 있던 바가 있었다. 한데 그게 여지없이 바율의 입을 통해 확인이 되니 그야말로 그는 충격의 도가니였다.

"정령계가 멸망하기 전에 정령왕들이 부지런히 움직이

긴 했나 보다. 정령석도 그렇고, 씨앗을 남긴 것도 그렇고. 바율, 네 책임이 막중하겠어."

"라이, 갑자기 웬 씨앗 타령이냐? 바율은 씨앗이란 말은 하지도 않았거든?"

"전대 정령왕들의 힘을 계승했다고 하잖아. 그게 씨앗이지 뭐냐? 바율, 너도 그 힘을 키워야 해. 그래야 정령들이 성장할 수 있을걸?"

"내가 힘을 키워야 한다고?"

"그래! 정령왕은 그냥 그런 존재가 아니야. 그들의 힘은 너 같은 인간 소년이 절대 담고 있을 수가 없어. 지금은 아마 씨앗같이 작은 상태로 봉인되어 있을 게 분명해!"

"…봉인?"

"예를 하나 들어 볼게. 여기 이렇게 작은 주머니가 있어."

일라이가 품에서 작지만 화려하게 수놓아진 천 주머니를 하나 꺼냈다.

"이 주머니에 구슬 하나를 넣으면 별로 티가 안 나겠지? 적어도 다섯 개, 여섯 개 이상은 되어야 꽉 차면서 뭔가 들어 있겠구나 싶을 거야."

"그래서?"

"근데 구슬이 총 열 개가 되었다고 가정해 봐. 그러면 주머니가 넘쳐 나겠지?"

"구슬이 몇 개는 아예 안 들어갈 것 같은데."

"그러면 어떡해야 할까?"

"글쎄…… 더 큰 주머니로 바꿔 주면 되지 않을까?"

"맞아, 바로 그거야! 주머니를 큰 것으로 바꿔야만 구슬을 더 많이 담을 수 있지!"

"그러니까 네 말인즉슨 주머니가 바율이고, 구슬이 정령들이란 거냐?"

"굳이 따지자면 그렇겠지? 무슨 경로로 바율 네게 전대 정령왕들의 기운이 흘러들었는지는 모르겠지만, 아무튼 그것들이 정령들을 불러들인 건 확실해. 그리고 그 힘이 촉매가 되어서 불의 정령이 중급 정령이 된 것이고."

"하지만 상급 정령으로 올라서려면 바율도 달라져야 한다?"

"똑똑해, 에이단 군."

일라이가 마치 선생인 양 에이단의 어깨를 툭툭 두드렸다.

"근데 넌 왜 그렇게 확신하는 거냐?"

"어?"

"네가 정령사도 아니면서 어떻게 그렇게 잘 아는 건데? 스피넬이 중급 정령이 된 것도, 바율이 전대 정령왕들의 힘을 이은 것도 이제 막 알았으면서 주머니를 키워야 한다느니, 씨앗이라느니 그런 말을 하는 게 일반적인 반응은 아니 잖아?"

에이단의 의문에 바율의 고개도 절로 끄덕여졌다. 일라이의 발언은 꽤 설득력 있었지만, 확신하는 녀석의 말투는 이상하긴 했다.

"아니, 일리 있어."

잠자코 있던 퀸이 나선 건 그때였다.

"정령왕의 힘은 결코 만만하지 않아. 그들의 기운을 바율 네가 전부 다룰 수 있다면 지금 당장 네 고향 해밀턴에 비를 멎게 할 수 있었을 거야. 그런 건 물의 정령왕에겐 일도 아니거든."

"…들었냐? 아, 이제야 날 이해해 주는 녀석이 나타났군."

바율과 에이단의 수상한 눈빛에 남몰래 식은땀이 나려던 참이었다. 일라이가 퀸의 말에 호응하며 긴 호흡을 내쉬었다.

"바율, 어머니에 대해서는 좀 알아봤어?"

대양의 눈도 펜던트도 모두 어머니의 유품이었다. 물의 정령왕과 어떻게든 연관이 있을 거란 짐작은 하고 있었는데, 이젠 다른 정령왕들까지 개입되어 있었다. 그 모든 걸 알아내려면 역시나 어머니가 단서였다.

"안 그래도 퀸에게 그 얘기를 하려던 참이야."

바율은 대양의 눈을 찾지 못했다는 말과 함께 미안하다는 뜻을 덧붙였다.

"아무래도 아버지께서 갖고 계신 것 같아. 다음에 뵙게 되면 직접 여쭤볼게."

"그래, 하는 수 없지. 괜찮아."

얼굴엔 실망한 기색이 역력했지만, 퀸은 애써 미소를 보였다. 바율이 했을 노력이 그려졌기에 이해할 수 있었다.

"그리고 어머니 말인데……."

바율은 방학 때 들었던 어머니에 대한 기이한 이야기들을 친구들에게 들려줬다.

"이노센트와 비슷한 느낌의 외모에, 비가 올 때마다 산책을 즐기시고, 란데르트 공작 전하께서 직접 이름을 지어 주셨다? 이건 수상해도 너무 수상한데?"

"…그렇지?"

"어! 어느 산맥에서 만났다는 것까지! 완전 다 이상해!"

"아무것도 없었다…… 비처럼 사라지셨다…… 그런 말은 왜 나온 걸까……?"

"정말 시신이 사라지기라도 한 건가? 아니면 바율 네 말처럼 애초에 돌아가신 게 아닐 가능성도 있는 건가?"

"바율, 너의 어머니께서 전대 물의 정령왕이신 거 아니야? 난 계속 그 생각밖에 안 드는데?"

바율도 에이단처럼 그 생각을 안 한 건 아니었다. 하지만 정령이 인간처럼 모습을 바꾸고 결혼까지 해 아이를 낳는 것이 가능한 걸까? 바율은 그 부분이 너무나 의문이었다.

"스피넬은 더 아는 게 없는 거야? 그 기억의 조각인가 하는 건 더 찾지 못했대?"

"응, 퀸. 기억은 아마도 정령들이 성장하면서 찾게 되는 것 같아. 모든 걸 한꺼번에 알게 되면 문제가 생길 수도 있으니까."

"그것조차 전대 정령왕들의 안배란 거구나."

"어떤 안배가 더 있을지는 나도 모르겠어."

"불의 정령은 어떻게 생겼을지 궁금하다. 소개 안 해 줄 거야?"

불과 물은 정반대의 성질을 지녔다. 그래선지 이노센트 때처럼 흥분하거나 설레는 기색은 없지만, 새로운 정령이니만큼 퀸이 불의 정령에게 관심을 보였다.

"당연히 소개해 줘야지."

친구들 눈에 보이지 않았을 뿐 스피넬은 아까부터 쭉 그들과 같은 방에 있었다. 불은 지펴져 있지 않았지만, 으레 그곳이 자신이 있어야 할 자리인 양 스피넬은 자연스럽게 벽난로에 들어가 있었다.

"난 준비됐어!"

일라이가 벽난로를 향해 돌아서며 한껏 부푼 표정을 지었다.

'스피넬이 저기에 있는 걸 아는 건가?'

에이단과 퀸이 바율을 보고 있는 것과는 너무나 다른 반응이었다. 그에 바율이 고개를 갸웃했지만, 친구들을 기다리게 할 수 없어 이내 스피넬을 불러냈다.

"스피넬, 친구들을 소개할게. 나와 주겠어?"

바율의 청이 끝나기가 무섭게 스피넬이 벽난로 앞에 모습을 드러냈다.

"안녕하세요. 스피넬입니다. 만나 뵙게 되어 영광입니다."

십 대 소녀의 모습을 한 스피넬의 등장에 친구들은 그대로 넋을 잃었다. 아름다워서가 아니었다. 신기해서 그랬다.

분명 사람의 형상을 하고 있는데, 불꽃처럼 타오르고 있다. 불의 정령은 모든 것이 붉었다. 눈도, 머리 색도, 입고 있는 옷조차도 붉지 않은 것이 없었다. 마치 일라이처럼.

그래서일까.

그녀가 일라이를 응시하며 미소를 지었다. 이제껏 오로지 바율에게만 웃음을 보이던 그녀가 어째선지 일라이에게 전에 없던 호의를 내비치고 있었다.

"스피넬, 왜 그런 눈으로 봐? 라이에게 무슨 할 말이라 도 있어?"

"네, 바율. 고귀하신 분을 이리 만나게 되어 매우 기쁠 따름입니다."

급기야 스피넬이 일라이를 향해 허리를 깊게 숙이며 예를 올렸다. 처음 보는 정령의 정중한 모습에 에이단과 퀸은 나름대로 놀라움을 금치 못했고, 바율은 바율대로 의아스러웠다.

고귀하신 분?

이게 무슨 의미이지?

"아하하하! 내가 너무 잘생겨서 당황했구나? 그렇지?"

"……?"

"불의 정령 취향이 나랑 완전 비슷하네! 온통 빨간 것 봐. 너도 나처럼 빨강이 좋은 거지? 그치?"

스피넬은 일라이의 말처럼 당황한 게 아니었다. 그저 일라이에게 호감을 보이는 것일 뿐이다. 이유는 모르겠지만 말이다.

"야, 라이! 불의 정령이니 빨간 게 당연한 거 아니냐?"

"…뭐?"

"불이 정령이 그럼 하얀색이겠어? 빨간색을 좋아하는 건 너지. 뜬금없이 왜 끼워 맞추는데?"

"끼워 맞추기는 내가 언제 끼워 맞췄다고 그래! 나처럼 온통 붉은 옷을 입고 있는 게 반가워서 그랬지! 어디 이게 아무나 소화할 수 있는 의상이냐?"

도무지 반박할 수 없는 말이긴 했다. 저런 화려한 의상을 입고도 자연스럽게 멋짐을 뽐낼 수 있는 사람은 많지 않았다.

"가만 보면 빨간색에 광적으로 집착한다니까. 애들아, 이거 병 아니냐, 병?"

에이단이 퀸과 바율을 돌아보며 나름 심각하게 물었다.

"글쎄. 그렇게 생각해 본 적은 없어서……."

"정상으로 보긴 힘들지."

바율이 괜찮다는 듯 답한 반면 퀸은 고개를 끄덕이며 에이단의 의견에 동조했다. 옷 입는 스타일로 따지면 하얀색이나 푸른색의 옷만 입는 퀸도 딱히 그렇게 말할 입장은 아닌 것 같은데, 붉은색을 싫어하는지 표정이 영 별로였다.

"이것들이 지금 친구를 환자로 모는 거냐? 빨간색 좋아하는 게 어디가 어때서! 이게 얼마나 찬란하고 고귀하며 품위 있는 색인 줄 알아? 너희 어디 가서 그런 식으로 말하면 무식하다는 소리 들어!"

"쟤 지금 뭐라니?"

"누가 무식한 건지 모르겠군."

"스피넬! 기분 상해하지 마! 얘들이 빨강의 진가를 몰라서 그러는 거니까. 알겠지?"

"네, 일라이 님. 그런데 저기⋯⋯."

"내 미모를 보고 엄청나게 놀란 것 같은데, 나도 얘들이랑 같은 인간이야! 간혹 내 인간 같지 않은 외모 때문에 오해를 종종 받긴 하지. 당황할 필요 없어!"

바율이 볼 때 오히려 당황한 건 일라이였다. 스피넬은 시종일관 미소 띤 얼굴로 그를 보고만 있었는데, 정작 일라이가 그답지 않게 계속 시끄럽게 떠들어 댔다.

'왜 저러지?'

뭔가 이상했지만, 그렇다고 딱히 물어볼 분위기도 아니어서 바율은 애꿎은 머리만 긁적였다.

"안녕, 스피넬! 우린 구면이지?"

스피넬이 일라이를 보며 고개를 갸웃거릴 때, 에이단이 호기롭게 다가가 스피넬에게 손을 내밀었다.

"불의 정령이랑 악수 한번 해 보고 싶었거든. 나 불타 죽는 거 아니겠지?"

"아닙니다. 다시 뵙게 되어서 반갑습니다, 에이단 님."

스피넬이 에이단이 내민 손을 거부하지 않고 마주 잡았다.

"오오! 따듯해! 엄청 뜨거울 줄 알았는데, 괜찮네!"

두 번째 보는 것임에도 에이단은 스피넬의 강렬함에 조금은 압도되었다. 처음부터 하급이 아닌 중급 정령인 상태로 만나선지, 다른 정령들과는 분위기며 느낌이 많이 달랐다.

"그러게. 생각보다 뜨겁지가 않군."

갑작스러운 퀸의 말에 뭔가 기분이 나빠진 걸까. 스피넬의 붉은 눈동자가 말없이 퀸에게로 쏘아졌다. 그리고 그 순간 거센 불꽃이 그녀의 몸에서 피어났다.

"으앗, 뜨거워!"

에이단이 후다닥 물러났고, 퀸은 피식 미소를 지었다. 스피넬이 마치 이래도 뜨겁지 않으냐고 시위라도 하는 것 같았기 때문이다.

"스피넬."

"네, 바율."

바율이 따로 특별히 명하지 않았지만, 스피넬은 즉시 불꽃을 거뒀다.

"예의는 바른데, 성질은 좀 있는 모양이군."

뜨겁지 않다는 말에 이처럼 발끈할 줄이야. 아무리 불과 물의 상성이 맞지 않는다지만, 시작이 별로인 게 어쩐지 예감이 좋지 않았다. 갑자기 퀸은 이노센트가 보고 싶어졌다.

"좋아, 좋아! 이래야 불의 정령이지!"

환호하는 건 일라이가 유일했다. 녀석은 뭐가 그리 좋은지 손뼉까지 치며 스피넬의 행동을 칭찬했다.

"더 늦기 전에 정식으로 소개부터 할게. 스피넬, 이쪽부터 퀸, 에이단, 일라이라고 해. 말 안 해도 알 것 같지만, 퀸은 인어족이고, 이쪽 둘은 나와 같은 인간이야."

"…인간이요?"

"응, 내 가장 친한 친구들이니까 앞으로 잘 부탁할게."

"네, 바율. 스피넬이라고 불러 주십시오."

바율의 명이라면 어떤 것이든 달게 받을 준비가 되어 있는 스피넬이었다. 그녀가 다시 한번 정중히 자신을 소개했다.

"귀에 정말로 귀걸이를 달고 있네? 스피넬 보석을 지니고 있어서 이름이 스피넬이 된 거였어?"

에이단이 스피넬의 귀걸이를 한눈에 알아보았다.

"그림은 모른다더니, 보석에는 관심이 좀 있나 보다?"

"특별한 관심은 아니고, 그냥 어릴 때부터 많이 봐서 그래. 어머니께서 수집하시거든."

"오! 역시 규모가 남다르네. 인간이 보석을 수집한다니 뭔가 색다르군."

"그러고 보니 밑에 응접실에서 보석 진열장을 본 것 같아. 그게 다 모으시는 거였구나."

"얘들아, 그건 빙산의 일각일 뿐이란다. 위층으로 가면 장난 아니야. 어후."

아무도 어머니를 못 말린다는 양 에이단이 고개를 절레절레 저었다.

"내가 그 심정 잘 알지. 그런 인간이랑 같이 살아 봤잖아."

"이사장님 말하는 거냐?"

"그럼 누구겠냐? 저택에 가 봐서 다들 알지? 그건 약과야. 레…… 아니, 본가에 가면 아주 휘황찬란하단다. 눈이 부실 지경이지."

"근데 라이, 너도 그런 거 좋아하는 거 아니었어?"

화려함을 추구하는 일라이의 취향에 대해선 누구보다 잘 아는 친구들이었다.

"캐링스턴 시내의 그 어마어마한 저택을 보고도 수준 떨어진다고 했던 게 너잖아. 우리 보기 민망하게 왜 그런 집을 구한 거냐며 구시렁거렸던 거 기억 안 나?"

"그건 진짜 수준이 말이 아니니까 그렇지. 너희가 본가에 못 가 봐서 그래. 비교 자체가 불가능하다니까?"

"본가가 어디에 있는데? 한번 데려가든가."

"…어?"

"네가 그렇게 말하니까 엄청 궁금해지잖아. 안 그래, 얘들아?"

"가 보고 싶긴 하군."

웬일로 퀸이 긍정하자 일라이가 당황해서는 소리쳤다.

"야! 내가 그 인간이랑 사이 안 좋은 거 알면서 그딴 말이 나오냐? 가끔 보면 친구가 아니라 원수 같다니까? 너희가 더 나빠!"

"그럼 궁금하게 만들지를 말든가. 지가 먼저 시작해 놓고 웃기는 녀석일세. 이번엔 네가 얘기 꺼낸 거거든?"

"참, 라이! 나 말할 것 있는데."

일라이의 언성이 더 높아지기 전에 바율이 재빨리 치고 들어갔다.

"응? 무슨 말?"

"우선 화내지 말고 들어 줬으면 해."

"뭔데 그렇게 분위기를 깔아?"

바율의 급작스러운 말에 일라이뿐 아니라 에이단과 퀸까지 입을 다물고 바율을 주시했다.

"사실 어제 이사장님이 날 찾아왔었어."

"뭐라고? 그 인간이 왜 널 찾아가? 완전 미쳤구먼? 설마나 어디 있냐고 물어보디?"

"아니, 오히려 넌 어디에서든 잘 지내고 있을 거니까 걱정하지 말라고 하셨어."

"거봐라. 내 걱정은 요만큼도 안 한다니까? 다 말뿐이지."

"…아무튼 이사장님이 날 찾아오신 건 네가 아니라 우리 아버지 때문이셨어."

"너희 아버지? 란데르트 공작 전하가 왜?"

바율은 아버지가 이사장에게 체이서를 붙인 것과 그 이유에 대해서 간단하게 설명했다.

"자레드 자식이나 헥터 공작이나 똑같네, 똑같아. 지원금을 끊다니 어처구니가 없다."

"이거 우리 복수해야 하는 거 아니냐? 그때 어쌔신 문제도 그렇고. 가만히 두고 보니까 부자가 너무 막가는데?"

"자레드 건은 나중에라도 해결을 봐야 하긴 할 것 같아. 아무튼 이사장님의 자금 출처가 불분명해서 조사에 들어가신 거야. 그러다가 체이서가 미행을 들킨 거고."

"그 인간에게 체이서를 붙이다니, 너희 아버지께서 실수하셨네."

"실수?"

"그래, 누구를 붙이든 족족 다 걸릴걸? 아마 포기하시는 게 좋을 거다."

"…어쨌든 혹시 기분 나빴다면 내가 대신 사과할게. 아버지께선 이상한 점이 있으면 조사를 하셔야 하는 입장이라서 어쩔 수 없으셨을 거야. 그래도 널 생각해서 나름대로 조심하셨던 것 같아."

"내가 기분이 왜 나쁘냐? 전혀, 일절, 조금도 그런 거 없거든?"

"…그래?"

"그리고 그 거액의 기부금이란 건 아마 본가 창고에서 가져왔을 거야. 돈을 쌓아 두고 사는지라."

"돈을 쌓아 둔다고?"

에이단이 세상에서 제일 기괴한 말을 들었다는 듯 인상을 있는 대로 썼다. 제국에서 제일가는 부자 가문인 그의 집안도 그렇게는 안 한다.

"가진 게 돈밖에 없다고 내가 그때 그랬잖아."

"아니, 대체 돈이 얼마나 많길래 창고에다가 쌓아? 이사장님이 우리 집보다 부자냐?"

"뭐야? 호승심이라도 생기냐?"

"그런 건 아닌데, 그런 돈을 은행이나 금고도 아니고 창고에 둔다는 게 어이가 없어서 그런다. 그러다 도둑이라도 들면 어쩌려고?"

"푸하핫! 도둑?"

에이단은 걱정이 돼서 한 말일 텐데, 일라이가 박장대소를 터뜨렸다.

"야! 그런 염려는 애초에 할 필요가 없다. 누가 거길 건드리겠냐? 감히 겁도 없이!"

그럴 일은 절대 없을 거라며 장담하는 일라이는 진심으로 그렇게 믿는 눈치였다. 하기야 실력 있는 마법사라고 하니 그럴 수도 있겠다 싶기는 하다.

"그래서, 아버지께 연락은 한 거야? 체이서 그만 붙이라고?"

"응, 어떻게 하실지는 모르겠지만 일단은 편지를 보내긴 했어."

"담에 물어보시면 그냥 포기하시라고 해. 알아낼 수 있는 건 없을 테니까. 그자는 그런 존재야."

"라이, 듣자 하니 너 란데르트 공작 전하를 너무 무시하는 거 아니냐?"

"내가 무슨 무시를 했다고 그래?"

"살아 있는 전설로 불리시는 분에게 그 무슨 망언이냐? 포기는 공작 전하가 아니라 이사장님이 하셔야 할 거다. 란데르트 공작 전하께 불가능이란 없다고."

에이단은 공작의 무용담을 책으로 읽고 배우며 자란 세대였다. 더욱이 녀석은 란데르트 공작과 같은 기사가 되는 것이 꿈인 기사 지망생이었다. 그래선지 아들인 바율보다도 공작을 더 맹신하는 느낌이었다.

"휴우, 믿음이 강한 너희들에겐 참으로 미안한 말이다만 란데르트 공작님에게 불가능한 일이 생긴다면, 그건 바로 내 양부와 엮인 걸 거다. 두고 봐. 자연히 알게 될 테니까."

"뭘 믿고 저러는 거야, 대체? 너 그거 은근 기분 나쁜 말투다?"

에이단이 어이없다는 듯 따졌지만, 일라이는 확고했다.

'언젠가 너희들이 모든 걸 알게 되면 내 말을 이해하겠지…… 그런데 그때도 날 친구로 대해 주긴 할까?'

'…라이?'

어째선지 갑자기 일라이의 눈빛에 쓸쓸함이 감돌았다.

양부와 얽힌 어떤 일이 떠오르기라도 한 건가?

순간 녀석에게서 애절한 슬픔 같은 것이 느껴져 바율은 이상하게 마음이 쓰였다.

Chapter 3.
가슴의 통증

1.

바율과 친구들 그리고 데스 형제를 태운 마차가 레오네트 백작가의 안쪽 정문에 도착했다. 올 때와 마찬가지로 이곳에서 다른 마차로 갈아타야만 캐링스턴 시내로 돌아갈 수 있었다.

"이제부터가 진짜 작전 시작이군."

"너희 진짜 조심해야 한다? 나 걸리면 혼자 안 죽어!"

에이단이 마차의 의자 밑에 낮게 몸을 수그린 채 경고했다.

"이 녀석 말하는 거 보게. 그게 도와주는 우리한테 할 소리냐!"

"나는 애초에 반대했다. 걸리면 그렇게 말할 거야."

"와, 퀸! 너 그렇게 안 봤는데, 엄청 이기적이다."

"난 원래 나밖에 몰라."

"근데 우리 말은 바로 하자. 들통나면 도망치는 너만 큰일 나는 거지, 왜 우리는 걸고넘어지냐? 우리는 그냥 네가 하도 부탁하고 애걸하니까 선심을 베푸는 것뿐인데?"

"라이, 그건 네가 악마 1, 2를 모르고 하는 소리란다. 조력자를 절대 그냥 보내 줄 악마 1, 2가 아니거든."

"…그렇게 심하냐?"

"뭐든 상상 이상일 거다. 그러니 조심해 주려무나, 친구들아."

에이단이 심각한 상황과 어울리지 않게 씨익 미소를 지으며 천연덕스럽게 말했다. 그러자 일라이가 진지하게 제안했다.

"그냥 애 버리고 갈까?"

"뭐야?"

"우리 아직 늦지 않았어. 몰랐다고 발뺌하면 되는 거잖아."

"헐, 이 자식이 진짜!"

"쉿! 온다!"

낮에 저택에 왔을 때 정문을 지키던 경비병이 아닌 처

음 보는 이가 그들을 향해 걸어왔다. 이미 해가 완전히 져 버린 밤이었지만, 정문 앞에는 등불이 환하게 밝혀져 있었다.

"에이단 도련님의 친구분들이시죠."

"네."

"댁까지 안전하게 모시라는 회장님의 지시가 있었습니다. 정문 밖에 마차를 준비해 두었으니 저를 따라오십시오."

예상대로 마차를 바꾸어 타야 하는 모양이었다. 보안상의 절차이니 거부할 길이 없다. 이동하는 동안 에이단이 눈에 안 띄길 바라는 수밖에.

"그나마 밤이라 다행이군."

퀸이 중얼거리며 먼저 마차에서 내렸다. 그 뒤를 일행이 줄줄이 따라 하차하면서 교묘하게 에이단을 숨겨 경비병들의 시야 밖으로 차단했다. 녀석의 왜소한 체구가 처음으로 도움이 되는 순간이었다.

"……!"

그러다 새로운 마차에 막 탑승하려는 때였다. 뭔가 수상한 낌새를 눈치챘는지 멀찍이 떨어져 있던 경비병 하나가 갑자기 다가오기 시작했다.

'어, 어떡하지?'

퀸과 일라이는 먼저 올라탔고, 마차 밖에는 바율과 데스 형제들뿐이었다. 당황한 바율이 멈칫하며 긴장하는데 돌연 수풀에서 이상한 소리가 들렸다.

사사삭!

짐승인지 뭔지가 빠르게 지나는 듯한 소리였다. 그 덕에 다가오던 경비병의 관심이 자연스레 그쪽으로 향했다.

'설마⋯⋯?'

바율은 고개를 들어 바르를 살폈다. 테이머인 그는 짐승을 조종할 수 있었다. 혹시나 했는데 자신에게 눈을 찡긋하는 바르의 얼굴을 보니 그가 능력을 쓴 게 확실하다.

'고마워요.'

바율은 입 모양으로 그에게 감사함을 전하며 서둘러 마차에 올라탔다. 이어 데스 형제가 나란히 착석했고, 마차는 무사히 시내를 향해 출발했다.

"아싸! 드디어 탈출 성공!"

의자 밑에 쪼그려 있던 에이단이 그제야 허리를 펴며 만세를 불렀다. 그러던 녀석이 돌연 일라이를 획 노려보았다.

"라이, 너 아까 그 말 다 진심이었지?"

"무슨 말?"

"나 버리고 가자고 그랬잖아!"

"퀸은 걸리면 다 불어 버리겠다고 했는데, 왜 나한테만 그래?"

"이 자식이야 원래 피도 눈물도 없는 놈이니까 그렇다 치지만, 네가 나한테 그러면 안 되지. 우리 사이가 이거밖에 안 되는 거였냐?"

에이단이 진정 섭섭했는지 다다다 쏘아붙였다.

"인정머리 없는 놈! 이게 다 애초에 네가 투명화 마법을 쓸 수 있었으면 쉽게 해결될 문제였잖아! 마법학부 수석이 그딴 것도 못 하면 어떡하냐?"

"그게 몇 서클 마법인지는 알고 말하는 거냐?"

"내가 알 게 뭐야! 힘들어 죽겠구먼!"

지금과 같은 상황이 아마 황도에서 뺨 맞고 엄한 데 와서 화풀이한다고 표현하는 경우일 것이다. 도와줘서 고맙다고 말하지는 못할망정 따져 대는 에이단의 배은망덕한 모습에 다들 기가 차서 말을 잇지 못했다.

"근데 바율, 템페스타는 바람의 정령인데 막 날게 해 주지는 못한대?"

"…어?"

"내 생각엔 가능할 것 같거든. 그럼 편하게 날아서 도망칠 수 있었잖아. 그 녀석은 왜 안 부르는 거야?"

템페스타를 통해 비행하는 법을 익히고 있다는 말은 아

직 안 했는데, 에이단이 귀신같이 그와 관련된 얘기를 꺼냈다.

"에이단, 그건 지금 여기서 할 얘기는 아닌 것 같은데?"

"응? 왜?"

천진하게 되묻는 에이단을 바라보며 일라이가 눈짓으로 데스 형제들을 가리켰다.

"아! 걱정 마. 이분들도 정령에 대해 다 알고 있으니까."

"알고 있다고? 왜?"

"라이, 질문이 좀 이상하지 않냐? 보통 그럴 땐 '왜'가 아니라 '어떻게'라고 묻는 법이지."

"지금 그게 중요해?"

정령에 관한 건 그들 친구들만이 아는 비밀이었다. 그런 걸 하필이면 저 꺼무죽죽한 형제들과 함께 공유하게 되었다는 것에 일라이는 대단히 기분이 상했다.

"어쩌다 보니 그렇게 되었어. 그러니 편하게 얘기해도 돼."

"들었냐? 나도 다 생각하고 말하는 거니까 걱정을 마셔."

에이단이 다시 본론으로 돌아와 바율에게 물었다.

"바율, 주변에 템페스타 없어? 난 그 녀석이 제일 보고 싶더라."

"그게 녀석이 지금 좀 삐친 상태라……."

"삐쳐? 왜?"

바율은 어색하게 웃으며 더듬더듬 이유를 설명했다.

"내가 자기편을 안 들어 줬다고 약간 골이 나 있어. 그래서 며칠 쉬게 내버려 두는 중이야."

"템페스타가 누구랑 싸웠는데 편을 안 들어줬어? 이노센트? 셰임? 아니, 스피넬인가?"

바율의 눈동자가 맞은편 데스에게로 향했다. 원흉은 그였지만, 사실 그들이 싸운 것은 아니었다.

라예가르가 찾아왔을 때 둘의 대화를 듣지 못하게 했다고 템페스타가 징징거리며 데스를 혼내 달라고 하는 걸 바율이 그냥 지나치는 바람에 지금과 같은 상태인 것이다.

"그냥 별일 아니야. 곧 풀리겠지."

"바율, 내가 애들을 많이 상대해 봐서 아는데 그냥 풀리는 건 없다. 다 노력이 필요한 거야. 그거 다 쌓아 놨다가 나중에 한꺼번에 터뜨리면 답 안 나온다고."

"…그래?"

"그러니까 우리 껌둥이 템페스타 잘 좀 부탁할게. 그 귀여운 녀석 눈에서 눈물이라도 나면 너무 서글프잖아."

"야, 내가 그 단어 쓰지 말랬지."

잠자코 있던 일라이가 껌둥이란 말에 발끈하며 눈을 부라렸다. 에이단은 속으로 아차 싶었지만, 녀석에게 일라이는 아직 배신자였다.

"날 버리고 가자고 한 네 말을 내가 왜 들어야 하는데?"

"뭐?"

"미리 말하는데, 제대로 사과 안 하면 나 이거 오래오래 가져갈 거다. 내가 집에서 얼마나 개고생을 했는지 알면 그런 말 함부로 못 할걸?"

'아.'

평소와 다른 에이단의 이런 히스테릭한 반응은 방학 중 악마 1과 2에게서 시달림을 당한 영향이었다. 잠시 그걸 헤아리지 못했음을 깨달은 바율은 분위기 쇄신을 위해 나섰다.

"그러고 보니 얘들아, 나 진짜 중요한 얘기를 아직 안 했어."

"중요한 얘기?"

"스피넬 말고 뭐가 더 있어?"

"정령석에 대한 이야기야."

"설마 더 찾은 거냐? 어디, 해밀턴에서?"

예상대로 친구들의 모든 신경이 집중되었다.

"새로운 정령석을 찾은 건 아니고, 정령석의 비밀을 알아낸 것 같아. 에이단, 황궁 정원에서 나랑 했던 대화 기억해?"

"황궁 정원에서? 그때 무슨 얘기를 했지?"

"캐링스턴 날씨가 이상할 만큼 좋다던 거 말이야. 다른 곳에 비해 자연재해가 별로 없어서 다행이긴 하지만, 폭풍 전야 같아서 불안하다고 했었잖아."

"아아, 그거?"

"듣고 보니까 진짜 그러네. 여기 날씨는 대부분 맑고 화창한 편이잖아. 바율, 네 고향 해밀턴은 비만 온다고 했지?"

"반면 황도는 너무 건조해서 눈과 목이 아플 지경이었어. 근데, 그게 정령석이랑 무슨 상관인데?"

"캐링스턴의 자연재해를 막아 주는 게 아무래도 정령석인 것 같거든."

"정령석이 자연재해를 막는다고?"

"근거는?"

쉬이 이해할 수 없는 말이었다. 정령석이 무슨 수로 날씨에까지 관여할 수 있단 말인가?

"해밀턴에 갔을 때 정령들이 힘을 제대로 사용하지 못하는 거야. 그런 적이 한 번도 없었는데, 힘을 쓴 지 얼마 되지도 않아서 탈진하더라고."

"전처럼 능력을 과하게 사용하지도 않았는데 말이야?"

"응, 당황스러울 정도였어. 그러면서 이노센트가 물의

정원에 가서 쉬고 싶다고 하는데 뭔가 느낌이 이상했지. 캐링스턴과 해밀턴이 대체 뭐가 다르기에 이런 걸까 고민하게 되었고."

"차이점이라면 정령석의 존재 유무밖에 없다는 얘기구나?"

일라이의 정리에 바율이 고개를 끄덕이며 말을 이었다.

"정령들은 정령석에서 편안함을 얻는다고 했어. 난 그게 정령석이 녀석들과 비슷한 기운을 품고 있어서 그렇다고 생각하거든. 그래서 그 기운이 곁에 있으면 더 많은 힘을 쓸 수 있고, 강해지는 거지."

"바율 네 말이 맞는다면 자연재해가 적은 곳에 또 다른 정령석들이 있다는 거네?"

"응, 맞아. 너희들 생각은 어때? 내 추리가 말이 안 되는 것 같아?"

아직 모든 건 가설일 뿐이었다. 확인을 해 보기 전까지는 장담할 수 없다.

"그런데 난 좀 의문인 게, 이노센트랑 셰임이 그랬잖아. 바율 너와 정령석의 기운이 비슷하다고. 그래서 좋은 느낌이 난다고."

"맞아, 그랬지."

"한데 어째서 해밀턴에서는 힘을 못 쓴 거지? 네 논리대로라면 너만 있어도 되는 거 아닌가?"

"그러게. 전대 정령왕들의 힘을 이었다면서 그 부분이 조금 의아하긴 하네."

"이 바보들아! 내가 아까 씨앗이라고 말한 거 그새 잊었냐?"

일라이가 손가락으로 두 친구를 가리키며 혀를 쯧쯧거렸다.

"아직 이 녀석의 힘은 봉인된 상태라고! 그걸 제대로 쓰려면 얼마가 걸릴지 아무도 모를 거다."

"아, 그게 또 그렇게 흘러가나?"

"그 정령석을 뽑아서 해밀턴에 심는 건 어떨까? 그럼 비가 멎으려나?"

"한 개만 심으면 되는 건가? 그럼 여긴 어떻게 되는 건데?"

"더는 맑은 하늘을 못 보게 되겠지."

"그건 좀 곤란하지 않을까?"

여러 의견이 한창 오가는 도중이었다.

"그냥 정령들을 승급시키는 게 더 빠를 것 같은데."

갑작스레 데스가 불쑥 껴들었다.

"엑? 그게 뭔 소리예요?"

"녀석들을 무슨 수로 승급을 시킨답니까?"

"아직 말 안 했나 보군."

데스의 말에 친구들의 시선이 일제히 바율에게로 향했다. 어서 이실직고하라는 눈빛들이었다.

바율은 본의 아니게 중요한 걸 숨긴 사람이 된 것 같아 당황하며 스피넬의 귀걸이가 어디서 나왔는지에 대해 고백했다.

"뭐야? 정령석 안에 귀걸이가 숨어 있었다고?"

"스피넬 말로는 정령석이 용암에 녹으면서 귀걸이가 된 거래."

"그럼 우리 여기서 이러고 있을 게 아니라, 빨리 정령석 부수러 가야 하는 거 아니냐?"

"부수러?"

"그래! 그 안에 다른 귀걸이라든가 보석이 있을 거 아니야. 그거 정령들에게 걸어 주고 바율이 딱 만지면 중급 정령으로 승급할 것 같은데?"

"설마 그게 그렇게 단순한 문제겠냐?"

"밑져야 본전인데 해 봐야지. 안 그래, 바율?"

사실 그 일을 해 보고자 캐링스턴 행을 서두른 목적도 있었다. 바율에게 정령계를 복원시켜야 할 임무가 주어졌다면, 그를 위해 첫 번째로 해야 할 것은 정령들을 정령왕으로 키워 내는 일일 것이다. 그 이후엔 정령왕이 된 녀석들이 알아서 하지 않을까, 하는 약간의 기대 심리도 있었다.

"대답 들을 필요도 없네. 얘 얼굴 보니까 바로 아카데미로 가야겠다."

"아카데미?"

"우리가 아는 정령석이라고는 다 거기 있잖아."

물의 정원과 타락의 숲.

방학 중이니 아카데미의 문은 닫혀 있겠지만, 들어갈 다른 방법이 없는 건 아니었다. 개구멍의 위치라면 이미 알고 있었다.

2.

하지만 아카데미에 도착했을 때 일행을 맞은 건 막혀 버린 개구멍이었다. 방학 동안 보수 공사라도 한 건지 개미 새끼 한 마리도 들어가지 못할 정도로 싹 정리가 되어 있었다.

"다시 뚫어 버릴까?"

"담을 넘기에는 너무 높지?"

고개를 젖히고 올려다본 아카데미의 성벽은 도저히 기어오를 수 있는 수준이 아니었다.

"새처럼 날 수 있으면 모를까. 안 돼, 위험해."

"여기 말고 다른 구멍은 없나?"

"내가 아는 건 이곳뿐인데. 너희는 아는 데 있어?"

"…저기, 템페스타에게 부탁해 볼까?"

"뭐? 누구한테 부탁해?"

새 얘기가 나와서 생각이 났다.

"사실 해밀턴에 있을 때 밤마다 템페스타의 도움으로 밖에 몰래 나가고는 했거든."

"몰래 나가? 헉, 설마 바람처럼 날아서 나갔단 소리야?"

끄덕.

"내 생각이 적중했네. 와! 나 그냥 해 본 말이었는데! 대박! 짱이다!"

에이단이 진짜로 깜짝 놀란 듯 감탄사를 연호했다.

"바람의 정령이 의외로 꽤 쓰임새가 있군."

퀸도 내심 기꺼웠는지 나름의 칭찬을 토해 냈다.

"바율, 뭐해? 얼른 불러 봐. 이참에 다른 정령들도 전부 얼굴이나 좀 보자!"

"셰임이 나오겠냐?"

"라이, 네가 노래 한 곡 뽑아 볼래? 그러면 대번에 나올 것 같은데."

"이 밤에 여기서 무슨 노래냐? 그리고 셰임이라면 이미 발밑 어딘가에 와 있을지도 몰라."

합리적인 추측이었다. 하나 투시를 할 수 없으니 알 길은
없다.

"바율, 어서! 우리 시간 없다!"

'이노센트, 템페스타, 셰임. 이리 좀 와 줄래?'

친구들의 재촉에 바율은 서둘러 정령들을 불러 모았다.
스피넬은 내내 함께 있었기에 따로 부르고 자시고 할 것도
없었다. 그녀가 제일 먼저 모습을 드러내자 그럴 줄 알았다
는 듯 다들 놀라지도 않았다.

"바율, 불렀어?"

그다음으로 나타난 건 이노센트였다. 물의 정원에서 휴
식하고 있던 녀석이 투명한 물방울을 여기저기 흩날리며
등장했다.

"앗! 잉그리드!"

"삐욕! 삐욕!"

바율이 무어라 말을 꺼내기도 전이었다. 오랜만에 보는
절친한 친구와의 만남에 이노센트는 물론 에이단의 정수리
에 얌전히 자리하고 있던 잉그리드가 발딱 일어나더니 뭐
라 뭐라 울어 대기 시작했다.

"잘 지냈어? 으앙, 너무 보고 싶었어! 잉그리드! 그 사이
나한테 무슨 일이 있었는지 알아?"

이노센트가 칭얼거리며 날아오르자 잉그리드도 따라서 파드닥 날아올랐다.

"쟤들은 여전히 시끄럽구나."

못 말린다는 듯 일라이가 고개를 설레설레 저을 때 문제의 템페스타가 나타났다. 역시나 아직 잔뜩 골이 난 얼굴이었다.

"템페스타, 안녕? 잘 지냈어?"

에이단이 반갑게 인사했지만, 녀석은 시큰둥하기만 했다. 가슴 앞으로 팔짱을 낀 채 고개를 팩 꺾은 모습이 삐침의 정석을 보여 주고 있었다.

"우리 귀여운 템페스타! 내가 진짜 많이 보고 싶었는데, 이제야 만나네!"

에이단의 친한 척에 템페스타의 고개가 조금 돌아왔다.

"우리 엄청나게 오랜만이다. 나 기억해?"

"응, 알아. 바율 친구잖아."

"귀엽기만 한 게 아니라, 똑똑하기도 하구나! 잠깐 마주쳤는데 말이야."

"…내가 원래 좀 기억력이 좋아. 한 번 본 건 잘 안 잊어버리거든."

"그렇구나. 대단하다! 근데 바율이 그러던데, 누구랑 싸웠다면서?"

"저기!"

템페스타가 돌연 눈에 쌍심지를 켜고는 데스를 손가락질했다.

"이게 다 저 데스 때문이야!"

"엑? 템페스타랑 싸웠다는 게 정령이 아니라 데스였어요?"

바율이 편을 안 들어 줘서 삐쳤다기에, 에이단 딴에는 편을 들어 주며 살살 구슬려 볼 생각이었다. 상대가 데스일 거라고는 전연 짐작조차 못 한 채 말이다.

도대체 둘이 무슨 일로 싸운 건지 궁금해지는 순간이었다.

"난 저 녀석과 싸운 기억이 없는데."

"데스는 아주 나쁜 놈이야! 저 자식이 나한테 어떻게 했는지 알아? 아무 소리도……."

"템페스타!"

행여나 녀석이 마족이란 단어를 입에 담을까 싶어 바율은 황급히 봉합에 나섰다.

"그 얘기는 다시 하지 않기로 약속했잖아. 데스는 잘못한 게 아무것도 없어."

"그치만…… 난 너무 약 오른단 말이야!"

"다들 남들한테 말하고 싶지 않은 것들이 하나쯤은 있는 거라니까. 그러니 이해해야 해.”

“난 그런 거 없어! 난 다 말할 수 있어!”

너야 그렇겠지.

숨길 이야깃거리 자체가 없을 테니까.

고집을 부려도 정도껏 부려야지, 가끔 이렇게 똥고집을 부릴 때마다 바율은 머리가 다 지끈거렸다.

“우아아아아!”

그때였다. 하늘에서 뱅글뱅글 돌며 잉그리드와 놀고 있던 이노센트가 별안간 비명을 질렀다.

템페스타에게 집중하고 있던 바율과 친구들이 서둘러 위를 올려다보았다.

“뭐지?”

“이, 잉그리드?”

“설마 또 커진 건가!”

그랬다. 뭐 때문인지는 모르겠지만 잉그리드가 또다시 엄청나게 커져 버린 것이다.

전과 다른 점이라면 구석에 몰려 떨고 있는 게 아니라, 이노센트와 함께 하늘을 마음껏 날고 있었다. 거리가 제법 떨어져 있었음에도 불구하고 녀석이 날갯짓을 하자, 일행이 서 있는 곳까지 바람이 느껴졌다.

“잉그리드! 너 진짜 멋있다! 대단해!”

덩치가 커진 잉그리드가 마음에 든 듯 이노센트의 칭찬이 끊이지 않고 이어졌다.

"이거보다 더 커질 수도 있는 거야?"

"꾸우우!"

"진짜? 한번 해 봐봐!"

녀석들이 나누는 대화를 듣고 있자니 바율은 식은땀이 났다. 그건 에이단이라고 다르지 않았다.

"잉그리드! 그만! 그만하고 내려와!"

녀석이 기겁하며 잉그리드를 급히 불러 내렸다.

"이노센트!"

바율도 재빨리 이노센트를 내려오게 했다.

쑤아아앙!

파드닥거리며 날아올랐던 잉그리드가 거센 바람을 일으키며 착지했다. 옷이며 머리칼이 날려 한순간 눈앞이 흐려질 정도였다.

쿵!

바닥에 큰 족적을 남기며 내려앉은 녀석의 위용은 에이단의 집에서 보았을 때보다 훨씬 컸다. 이번에도 다행히 녀석의 귀여운 외모는 일절 변함이 없었다.

말로만 듣던 상황을 직접 접하자 내심 놀랐는지 일라이와 퀸은 도통 잉그리드에게서 눈을 떼지 못했다.

"잉그리드, 갑자기 왜 크게 변한 거야? 몸 상태가 또 불안해졌어? 탈피는 이제 끝났다고 했는데."

"쿠우우!"

"…너의 의지였다고?"

"쿠우! 쿠우우!"

"이노센트가 보여 달라고 해서 말이지?"

"응! 몸이 커졌다고 하길래 내가 보고 싶다고 했어. 왜?"

에이단의 타들어 가는 속도 모르고 이노센트가 해맑게 되물었다.

"이노센트, 잉그리드를 아끼고 좋아하는 네 마음은 잘 알지만, 이런 건 부탁하면 안 돼. 잉그리드가 무지하게 고생했었단 말이야."

"고생을 했어? 난 그런 말 못 들었는데?"

"쿠우! 쿠우우!"

"거봐. 괜찮다고 하잖아."

"잉그리드, 정말이야?"

"쿠! 쿠우우!"

잉그리드가 커다란 머리를 위아래로 세차게 끄덕거렸다.

"허허, 여기엔 무서운 쥐들이 없어서 괜찮다고?"

녀석의 어처구니없는 말에 에이단이 뒷목을 잡기 직전이었다. 일라이가 대뜸 말했다.

"이 정도면 타고 날 수도 있겠는데?"

"뭐라고?"

"여기 있는 사람들 전부 태워도 될 만큼 커졌잖아. 운송 수단으로 딱 아니냐?"

"그러고 보니 담벼락을 쉽게 넘을 수 있을 것도 같군."

퀸까지 가세하자 에이단이 멍하게 눈을 깜박였다. 생각을 하는 것 같았다.

"그게 가능할까?"

"시범 삼아 한번 해 보는 게 어때?"

"마침 방학이라 사람도 없으니 시도해 볼 만 하네. 그런데 그러다 떨어지면?"

"템페스타가 있는데 무슨 걱정이냐? 이 녀석이 우리를 안전하게 지켜 주겠지. 바람의 정령에게 그 정도는 아무것도 아닐걸? 그렇지, 템페스타?"

에이단은 이미 마음을 정했다. 잉그리드도 적응을 위한 훈련이 필요한 시점이었다. 여러모로 나쁠 것이 없었다.

"그쯤이야 뭐, 해 줄 수 있지."

에이단이 치켜세우자 템페스타가 금세 헤벌쭉해진다. 칭찬에 약한 건 알았지만, 이 정도일 줄은 몰랐다. 아이들을 상대하는 건 에이단이 역시 한 수 위였다. 더 이상 비뚤어진 템페스타는 이곳에 없었다.

"거기 삭막한 아저씨들도 괜찮겠어요?"

일라이가 데스 형제를 향해 물었다. 같이 가고 싶지 않다는 인상을 풀풀 풍기면서.

"우린 이까짓 담쯤은 아무것도 아닌데?"

"그건 마치 이 높은 담벼락을 뛰어넘을 수 있다는 말로 들립니다만?"

"못할 것도 없지."

"하지만 잉그리드를 탈 기회를 준다면 마다하지 않겠습니다."

데스의 앞을 막아서며 아몬이 정중하게 답했다. 덕분에 앙칼지게 맞받아치려던 일라이의 태도가 한풀 수그러들었다.

"잉그리드, 어때? 할 수 있겠어?"

"쿠우우우?"

"응, 타락의 숲 한가운데에 있는 오두막 알지? 거기까지 우리 전부를 태워서 갈 수 있겠어?"

"와아! 재밌겠다! 잉그리드, 나도! 나도 태워 주라!"

"이노센트!"

고심하는 잉그리드의 곁에서 이노센트가 철없이 날뛰자 바율은 미안해졌다. 애초에 녀석이 커져 버린 것도 전부 이노센트 때문이었다.

"이노센트 넌 혼자서도 날 수 있잖아. 그런 부탁은 나중에 잉그리드가 익숙해지고 난 뒤에 하도록 해."

"히잉! 나도 날 수는 있지만, 한 번 타 보고도 싶단 말이야. 잉그리드는 내 친구잖아!"

"쿠우우! 쿠우우!"

"진짜? 잉그리드, 고마워!"

바율과 얘기하는 도중 잉그리드가 뭐라고 하자, 이노센트가 활짝 웃으며 빙그르 돌았다. 바율이 잉그리드의 말을 알아들을 순 없어도 짐작은 갔다.

"얘들아, 타자! 잉그리드가 한번 시도해 보겠단다."

"진짜?"

"응, 무섭다고 할 때는 언제고 이노센트가 타고 싶다니까 덜컥 결정을 해 버리네. 이걸 좋아해야 할지, 말아야 할지 모르겠다."

"일단 지금은 오두막에 가는 게 중요하잖아. 그런 건 나중에 따지자고."

밤이 더 깊어지기 전에 볼일을 끝내는 것이 좋았다. 잉그리드가 일행이 탈 수 있도록 몸을 낮게 숙이자 에이단이 가장 먼저 앞에 올라탔고, 그 뒤를 일라이, 바율, 퀸 그리고 데스 형제가 차례로 따라 올랐다.

"꺄아아!"

이노센트는 뭐가 그리 신나는지 잉그리드의 머리, 그러니까 에이단보다도 앞 좌석(?)에 자리를 잡고는 소리를 질러 댔다.

"템페스타, 부탁할게."

"걱정 마. 나만 믿어!"

하늘을 나는 도중 균형을 잃으면 그대로 추락이었다. 이후로는 어떻게 될지 안 봐도 뻔하다. 템페스타가 자신만 믿으라며 하늘로 훅 솟구쳤다.

"쿠우!"

잉그리드가 출발한다는 신호를 보냄과 동시에 두 발로 바닥을 힘껏 박차며 허공으로 솟아올랐다.

"으아아아!"

바율과 에이단은 절로 비명이 터졌다. 너무 빠른 속도도 문제였지만, 깃털 몇 가닥에 모든 걸 의지해야 한다는 생각에 오금이 저렸다. 잉그리드의 거대한 날갯짓에 감동할 겨를도 없었다.

"바율 님, 괜찮으십니까?"

스피넬은 줄곧 잉그리드의 옆에서 날고 있었다. 그녀가 염려 가득한 목소리로 물었지만, 바율은 답할 정신이 없었다.

희한한 건 그 둘을 빼고는 다들 너무나 평온하다는 것이었다. 데스 형제들은 마족이니 그렇다 치지만, 일라이와 퀸은 의외였다.

여유롭게 주변까지 살피는 녀석들을 보자니 인간이 맞는지 의심마저 일었다. 하여간 보통내기들이 아니었다.

3.

결과적으로 잉그리드는 타락의 숲 오두막 앞마당에 무사히 착륙했다. 녀석 역시 사람을 처음 태운 것에 긴장한 듯했지만, 막판에는 속도까지 조절해 가며 나름 능숙한 비행을 선보였다.

"잘했어, 잉그리드!"

"잉그리드, 정말 고마워!

"템페스타도 수고했어. 덕분에 한결 편하게 왔네. 다음에도 또 부탁할게!"

비행은 일행에겐 낯선 경험이자 신나는 일이었다. 그에 친구들이 잉그리드와 템페스타에게 아낌없는 찬사를 쏟아내자, 기분이 좋아진 템페스타가 하늘로 붕 날아올랐고, 잉그리드는 거구의 몸체로 쿵쿵 뛰었다.

"이, 잉그리드! 그만! 그만 뛰어!"

이러다 지진이라도 날 것 같았다. 피그미부엉이 시절엔 귀엽기만 하던 모습인데, 이제는 차츰 공포가 되려고 했다.

"저게 그 정령석인가 보군."

데스는 타락의 숲에 내리자마자 큰 나무 아래 자리한 정령석에게로 직진했다.

"생긴 게 특이하군요. 비석인지, 조각상인지 구분하기가 쉽지 않습니다."

아몬이 보이지도 않는 눈으로 정령석을 이리저리 품평했다.

"당장 부술까요?"

바르가 호기롭게 먼저 들이댔다. 사실 그는 얼른 일을 끝내고 저택으로 돌아가고 싶은 마음이 컸다. 오랫동안 자리를 비운 탓에 스승인 리타가 신경 쓰이기 시작한 것이다.

식재료 정리도 팽개치고 어딜 그렇게 싸돌아다니는 거냐는 잔소리를 들을 게 뻔하기에, 조금이라도 만회하려면 일찍 돌아가 성의를 보여야만 했다.

"뭘로 부순다는 겁니까?"

조용히 듣고만 있던 일라이가 어처구니가 없었는지 다가오며 빈정거리듯 물었다. 그들 주변에는 망치는커녕 내려칠 방망이 하나 없었다.

"이거면 되는데."

바르가 멀쩡한 팔 하나를 들어 주먹을 쥐어 보였다.

"설마 지금 맨주먹으로 저 돌을 부수겠다는 겁니까?"

"내가 못할 것 같아?"

바르의 자신감은 지나칠 정도였다.

'네 하인들 왜 저러냐?'

일라이가 입 밖으로 튀어나오려는 말을 겨우 삼키며 바율을 쳐다봤다. 그 심정을 십분 이해하나, 바율은 바르에게 기대하는 바가 있었다.

그가 평범한 인간인 줄 알았을 때와는 상황이 많이 달라졌다. 바르는 마족, 그것도 서열 10위의 고위 마족이었다. 거기에 그의 단단한 근육질의 팔을 보면 세상에 부수지 못할 것이 없어 보였다.

"도련님, 시작할까요?"

어느새 친구들이 정령석 근처로 모여들었다.

"바르, 조심하세요."

바율의 명이 떨어졌다. 성질 급한 바르가 일말의 준비 과정도 없이 바로 주먹을 들어 정령석을 힘껏 내리쳤다.

에이단은 차마 못 보겠다는 듯 눈을 감았다. 말릴 거라 생각했던 바율이 내버려 두는 것을 보면 뭔가 수가 있다는 얘기였지만, 상식적으로 생각했을 때 맨주먹으로 바위를 내리치면 뼈에 금이 가거나 부러지는 게 당연했다. 그 잔인한 광경을 목격할 자신이 없었다.

반면 일라이와 퀸은 꼬투리라도 잡겠다는 심정인지 바르의 일거수일투족 하나를 놓치지 않기 위해 두 눈을 똑바로 뜨고 지켜보았다.

카앙!

"······!"

기이한 소리가 일대를 울렸다. 무기를 들지 않은 맨손으로 돌을 내려쳤건만, 마치 쇳덩이끼리 부딪치는 듯한 소리가 났기 때문이다.

에이단이 우려했던 일은 전혀 일어나지 않았고, 바르가 원하는 상황도 벌어지지 않았다. 정령석과 바르의 주먹 모두 너무나 멀쩡했다.

"으잉? 뭐지?"

바르는 진정 황당했다. 이 세계에서, 그것도 마계도 아닌 인간계에서 그가 부수지 못할 건 거의 없었다. 그가 자신의 주먹을 한 번 내려다봤다가 이전보다 더한 힘으로 다시 한 번 정령석을 세게 내리쳤다.

카아앙!

"아악!"

그리고 그때였다. 갑자기 심장 부근에 격렬한 통증을 느끼며 바율이 주저앉았다.

"바, 바율!"

"갑자기 왜 그래?"

당황한 친구들이 바율을 일으켜 세우려 했지만, 바율은 그럴 수가 없었다. 녀석이 하얗게 질린 얼굴로 바들바들 몸까지 떨었다. 이마와 콧잔등, 목에는 어느새 식은땀이 흥건했다.

"일단 오두막에 눕혀!"

원인은 모르겠으나 이럴 게 아니었다. 퀸이 바율을 둘러업고는 오두막으로 급히 달려갔다. 데스 형제들과 정령들도 화급히 그 뒤를 쫓았다.

"다들 물러나."

바율은 침대에 누워서도 여전히 가슴을 부여잡은 채 고통스러워했다. 정신마저 온전해 보이지 않았다.

"퀸, 너 설마……."

"맞아. 그러니 비켜 줘."

"하지만 그러면 너도 아플 텐데……."

"나는 잠깐이면 돼."

퀸은 남의 고통을 자신에게 가져와서 자가 치료를 하는 능력이 있었다. 다른 사람도 아니고, 바율이 자신의 눈앞에서 이리 아파하는 모습을 두고 볼 수는 없었다.

"바율 님……."

걱정 어린 눈으로 바율을 내려다보는 스피넬의 옆에 어느새 셰임이 다가와 있었다. 그는 바율을 제외하고 사람이 여섯이나 있는데도 전혀 아랑곳없이 허연 머리를 늘어뜨린 채 바율의 곁을 지켰다.

"시작한다."

퀸은 집중하기 위해 눈을 감은 상태로 두 손을 바율의 가슴 근방에 얹었다.

"휴우."

그러곤 심호흡을 하며 녀석의 고통에 온 신경을 쏟았다.

'제발 아프지 마라. 넌 아프면 안 돼.'

바율은 애정하는 친우를 넘어, 정령계를 복원할 임무를 맡은 귀중한 존재였다. 퀸은 그런 바율에게 나름의 책임감을 느끼고 있었다. 녀석을 잘 보살피고 다독여서 지금보다 나은 세상을 이룩하는 것이 인어국의 왕자인 퀸의 또 다른 숙명이었다.

그렇게 얼마나 지났을까.

이전처럼 얼굴의 양상이 뒤바뀌었다. 바율은 점차 안정을 되찾았고, 퀸은 그야말로 죽상이 되어 가고 있었다. 바뀐 그의 표정에서 말도 못 할 고통이 수반되었음을 짐작할 수 있었다.

"희한한 치료법이군."

그 광경을 뒤에서 가만히 지켜보고 있던 데스의 입꼬리가 흥미롭다는 듯 말려 올라갔다.

"우리 쪽에도 저런 걸 할 수 있는 놈이 있던가?"

"글쎄요. 순수한 영혼을 가진 인간의 육신을 갈아 마시면 도움이 되는 저급한 치료법은 들어 봤어도, 저런 건 듣도 보도 못했습니다."

"하면 물건이로군."

"제법이긴 합니다."

"탐이 날 정도야."

"참으십시오. 바율 도련님과의 약조를 잊으시면 아니 됩니다."

잊을 만하면 아몬이 상기시켜 준 덕에 그러잖아도 마음을 접고 있던 데스였다. 그가 퀸에게서 관심을 걷어 내고 점점 얼굴색이 나아져 가고 있는 바율을 살폈다.

정령석을 부수려 내리쳤는데 어째서 녀석이 쓰러진 것인지, 이제는 그 이유를 찾아내고 파악해야 할 때였다.

"흐음……."

"바율, 이제 정신이 좀 들어?"

감겨 있던 바율의 눈이 서서히 떠졌다. 흐릿한 시야가 몇 번의 깜박임으로 점점 선명해졌다.

"…어떻게 된 거야? 분명 바르가 정령석을 부수려고 했었는데, 왜 내가……?"

"그건 우리가 묻고 싶은 거다. 얼마나 깜짝 놀랐는데! 이번엔 너 진짜로 죽는 줄 알았단 말이야!"

"미안…… 난 맨날 걱정만 끼치네."

"알면 얼른 일어나기나 해! 기절하는 건 더는 하지 말고!"

"근데 퀸은? 퀸이 안 보이네?"

잔소리하는 녀석들의 얼굴이 모자랐다. 정령들까지 친구들 뒤편에서 고개를 들이민 채 바율을 보고 있는데, 어째서 퀸이 안 보이는지 모르겠다.

"아, 그 녀석은 말이지……."

"잠, 잠깐 화장실 갔어! 볼일이 급한가 봐!"

"…거짓말."

더듬거리는 걸 보니 감이 확 왔다. 일전에 기차를 타고 황도에 가던 그때도 그랬다. 부러진 엄지손가락을 치료하던 퀸의 모습을 아직도 생생히 기억하고 있다.

"퀸! 어디야! 어디 있어!"

바율은 고함치듯 퀸의 이름을 부르며 침상에서 일어섰

다.

"…퀸!"

녀석은 멀지 않은 곳에 있었다. 소파의 구석진 자리에 앉아 몸을 숙인 채 자기와의 싸움을 하고 있었다. 아무도 보지 않았으면 좋겠다는 녀석의 부탁에 다들 애써 모른 척하고 있던 것이다.

"퀸, 너 괜찮아?"

바율은 맨발로 뛰어갔다. 퀸이 얼마나 고통스러운지는 바율만이 오롯이 알았다.

차라리 죽는 게 낫겠다 싶을 정도의 극심한 통증이었다. 그렇기에 바율은 울컥 눈물이 날 것만 같았다.

'날 위해서 이렇게까지…….'

"…가. 저기…… 가…… 있어…….'"

바율은 겨우겨우 말을 내뱉는 퀸의 손을 말없이 붙잡았다. 녀석의 청대로 할 수 없었다. 퀸을 낫게 할 수 없다면 견디는 것을 돕기라도 해야 한다. 그게 도움을 받은 입장에서 해야 할 일이었다.

"하아…….'"

거칠던 퀸의 숨소리가 차츰 안정을 찾아갔다. 처음 상처를 치유했던 기차에서보다 무려 두세 배는 될 법한 긴 시간이 지난 후였다.

"이제 좀 나아졌어?"

"…응."

고개를 든 퀸의 안색은 어느 때보다 창백했다. 그럼에도 그는 바율을 향해 부러 미소를 지어 보였다. 그것이 바율을 더 가슴 아프게 했지만, 자신을 위해 희생했던 친구의 배려를 생각하며 바율도 억지로 힘껏 웃음을 지었다.

"고마워. 난 매번 이렇게 신세만 지네."

"다 갚을 거잖아."

"응, 그래야지."

위대한 정령사가 되어서, 정령들을 정령왕으로 만들어서, 사라져 버린 정령계를 부활시켜서. 꼭 퀸의 인어국이 다시 부흥할 수 있도록 만들 것이다. 그것이 언제가 되더라도 반드시.

"지금 이런 말 하는 거 너무 빠른 거 아는데, 정령석을 부수는 건 다시 생각해 볼 문제 같다. 아무래도 난 그게 원흉인 것 같거든."

일라이의 말에 깊이 공감한다는 듯 에이단이 거들었다.

"나도 라이와 같은 생각이야. 이렇게 무턱대고 부수면 안 되는 건가 봐. 바율이 지니고 있다는 전대 정령왕들의 기운이 그걸 막는 게 틀림없어."

"일종의 경고인 셈이지."

"우리 생각이 짧았어. 이런 사달이 일어날 것도 모르고."

바율이 쓰러진 것이 충격이었던 듯 일라이와 에이단이 시무룩해서는 반성했다.

"당신도 문제예요!"

그러던 일라이가 별안간 바르에게 따져 댔다.

"부수지도 못할 거, 괜히 맨주먹으로 하겠다고 나서서는 이게 뭡니까?"

"난 그냥 하라는 대로 했을 뿐인데?"

"아무튼요! 여기에 당신들과 같이 오는 게 아니었어요! 뭔가 시작부터 불길했다니까!"

"라이."

속이 많이 상한 듯 일라이가 엄한 데 화풀이를 해 댔다. 바율이 그러지 말라며 말려 보았지만, 그는 입만 닫았을 뿐 뾰족한 시선은 거두지 않았다.

"시간도 늦었는데 그만 가 봐야 할 것 같아. 이언 경과 리타가 걱정할 것 같거든."

"나 신세 져도 되는 거지?"

"그럼, 당연하지."

조금 전 에이단은 집을 나왔다. 갈 곳이 있을 턱이 없다. 녀석이 안도하며 잉그리드를 불렀다.

"나도 갈 거다."

"…라이도?"

"어, 안 되냐?"

"아니, 안 될 건 없지만……."

"없지만 뭐?"

"괜찮겠어?"

바율이 묻는 건 데스 형제들이었다. 저들과 함께 지내야 하는데 조금 전과 같은 날 선 대화가 오고 가면 후에 문제가 생길 수 있다. 그걸 염려하는 것이었다.

"참아 보지, 뭐."

"그래, 그럼 그렇게 해. 퀸도 몸이 성치 않으니 나랑 같이 가자."

"나 이제 괜찮아. 다 나았어."

"하루 정도는 경과를 보는 게 좋을 것 같아서 그래. 걱정도 되고. 오늘 다 같이 우리 집에서 자고, 내일 함께 야시장 구경 가자."

"야시장?"

"응, 야시장이 크게 열린다고 하던데?"

퀸은 금시초문이었지만, 일라이와 에이단은 아는 표정들이었다. 그리고 데스 형제들은 그에 기대하는 바가 굉장히 컸다.

그 야시장에서 어떤 만남이 기다리고 있을지 전혀 알지 못한 채, 다들 기대를 안고 잉그리드의 등에 다시금 올라탔다. 흐릿한 달빛 아래 거대한 부엉이 한 마리가 씩씩하게 날갯짓을 하며 나아갔다.

Chapter 4.
두 번째 야시장

1.

"우와아! 여가저기서 맛있는 냄새가 진동을 하네!"

"천국이 있다면 여기가 정녕 천국입니다! 놀라운 곳이로 군요!"

도처에 깔린 먹거리들을 보며 바르와 아몬이 감탄을 금치 못했다. 야시장은 그들의 상상 이상이었다. 이걸 경험하지 못하고 마계로 돌아갔다면 평생 두고두고 후회할 뻔했다.

"바르, 아몬. 촌스럽게 왜들 그래요? 주변 사람들이 다 쳐다보잖아요."

리타가 불과 몇 달 전 본인이 어떠했는지는 생각도 못 한 채 바르와 아몬을 구박했다.

그러나 실상 주위의 시선은 그들의 행동 때문이 아니었다. 사실 일행 자체가 눈에 띌 수밖에 없었다.

아카데미의 최고 미남이자 황실 사교계까지 평정한 일라이의 외모는 야시장에서도 단연 돋보였다.

뿐인가. 인어족인 퀸은 어딜 가든 누구나 한 번쯤 돌아볼 수밖에 없는 독특한 모양의 귀를 가졌다. 거기에 그를 호위한답시고 그의 곁에는 인어족이 무려 셋이나 더 있었다.

바율과 에이단 역시 척 보기에도 귀티가 흘러 한눈에 귀한 집안의 자제임을 드러냈다.

무엇보다 눈에 띈 건 이언의 가슴에 그려진 만월 기사단의 표식이었다. 일전의 사건을 계기로 이언은 꼭 표식을 달고 나왔다. 감히 시비를 걸지 말라는 일종의 경고 같은 의미였다.

그걸 알아보는 자들은 지나가다 말고 경의를 표하기도 하였다. 란데르트 공작의 명성이 어느 정도인지 단적으로 보여 주는 예였다.

"리타, 바르와 아몬이 야시장에 얼마나 기대를 했는지 알잖아. 지금은 즐길 수 있게 해 주자."

"그래! 이번 야시장이 올해 들어 가장 크게 열리는 야시장이란 말이야. 이전보다 먹거리며 볼거리가 훨씬 풍성할 테니까 리타 너도 즐기라고!"

에이단은 이번에도 야시장 안내를 자처했다. 캐링스턴에서 나고 자란 녀석에게 이런 야시장은 놀이터나 마찬가지였다.

"나만 따라오면 돼!"

가슴을 한껏 내밀며 걷는 에이단은 어느 때보다 위풍당당했다.

"로건에게 야시장으로 오라고 편지를 보냈는데, 잘 도착했을까?"

"그 자식이야 오든 말든 난 관심 없거든? 여기서 길 잃으면 답 없으니까 잘 따라오기나 해."

로건 얘기에 에이단이 인상을 구기며 걸음을 서둘렀다.

"그래도 오면 좋을 텐데……."

친구들이 다 모였는데 로건만 없는 게 바율은 마음이 쓰였다. 편지가 무사히 닿아 온다고 해도 인파 때문에 제대로 만날 수나 있을지 걱정이었다.

"받았으면 오겠지. 너도 가슴의 통증은 그만 잊고 마음 편히 놀아."

일라이가 다 안다는 듯 바율의 어깨를 두드리며 위로했다. 아닌 척 티를 내지 않으려 애썼는데, 역시나 눈치가 빠르다. 사실 어젯밤부터 그 의문 때문에 잠도 거의 못 잔 상태였다.

"퀸은 이제 정말 괜찮은 거지?"

"내가 어디 아파 보여?"

"아니."

"그럼 왜 묻는데?"

"그냥……."

미안하니까.

퀸은 그의 말처럼 하루 사이에 말끔하게 나았다. 그 지독했던 고통을 함께 경험한 유일한 친구다. 고맙다는 말은 이미 여러 번 했지만 해도 해도 부족한 느낌이었다.

"너, 계속 그런 얼굴이면 이언 경이 알아챌라."

이언은 바율과 친구들을 배려해선지 조금 뒤에서 따라오는 중이었다. 야시장까지 와서 안색이 어두우면 분명 이상하게 여길 것이다.

"그리고 바율 네가 잊은 거 같은데, 야시장 오자고 한 건 너야. 오자고 했으면 그에 따른 책임은 져야지?"

"아, 내가 그랬지."

집에 가겠다는 퀸을 잡으려고 한 말이기도 하지만, 방학의 마지막을 신나게 보내고 싶은 마음에 한 말이기도 했다.

그래, 지금은 생각하지 말자.

정령석에 관한 것도, 가슴의 통증도.

놀 땐 놀아야지.

"에이단, 같이 가!"

바율이 앞서가는 녀석의 이름을 부르며 빠르게 걸었다.

2.

"자, 비비안 꼬치에 오신 것을 환영합니다!"

에이단이 가장 먼저 일행을 데려간 곳은 데스 형제들에게 약속했던 '비비안 꼬치'였다. 가게 앞은 예상대로 꼬치를 먹기 위한 손님들로 문전성시였다.

"잠시만 기다려."

에이단이 날다람쥐 같은 몸놀림으로 사람들을 피해 가게 뒤편으로 들어갔다. 새치기는 아니었고, 예약을 하기 위함이었다.

일행은 열두 명이지만 주문할 꼬치의 양은 어마어마했다. 데스 형제들에게 약조한 것만 오십 개이니, 줄을 서서 받아먹을 수 있는 수준이 아니었다.

"비비안!"

천만다행으로 비비안이 가게 안에 있었다. 그 나이에 어디서 그런 힘이 나오는지 꼬치가 잔뜩 들어 있는 커다란 통을 홀로 옮기는 중이었다.

"아이고! 우리 아기 도련님 오셨군요!"

"이리 줘! 내가 들어 줄게!"

에이단이 성큼 다가가 비비안에게서 통을 낚아챘다.

"어디로 옮기면 돼?"

"도련님이 이걸 왜 하십니까! 주세요!"

"됐어. 얼른 말이나 해. 어디다 두면 되는데?"

"아닙니다요. 쇤네에게 얼른 주십시오!"

"나 이번 방학에 짐을 얼마나 많이 날랐는지 알아? 이 정도는 아무것도 아니야!"

거의 평생을 레오네트 백작가에서 일한 비비안이었다. 말만 들어도 어땠을지 충분히 짐작이 간다. 그녀가 못 말린다는 듯 고개를 저으며 한쪽을 가리켰다.

"으쌰! 너무 가벼워서 힘이 하나도 안 드네! 뭐 또 들 거 없어?"

"괜찮으니 도련님 하실 말씀이나 해 보세요. 얼마나 필요하신 겁니까?"

"오, 역시 비비안이야. 눈치가 백단이라니까."

"쇤네가 도련님을 업어서 키웠습니다. 근데 그걸 모를까요?"

에이단을 흘겨보고 있지만, 그 눈빛에는 애정이 가득했다. 녀석이 그런 비비안을 슬쩍 안으며 애교 있게 말했다.

"밖에 친구들이 와 있거든. 근데 먹성이 엄청나."

"몇이나 왔습니까?"

"열둘."

"하면 스무 개쯤이면 되겠어요?"

"안 될걸."

"서른?"

도리도리.

"사십, 아니 오십 개로 할까요?"

"비비안, 그새 배포가 너무 작아진 거 아니야?"

"예?"

"양껏 먹으라고 할 때는 언제고! 왜 자꾸 한계를 두려고 해?"

"아이고, 쉰네가 나이만 먹었지 이렇게 천치 같을 때가 있습니다. 친구들 데리고 뒤쪽으로 오십시오. 따로 자리 마련해 드릴 터이니."

"아싸! 역시 비비안이 최고라니까!"

에이단이 환호하며 비비안의 얼굴에 격하게 볼을 비볐다.

"참, 비비안. 나 가출했다?"

"…예?"

"그러니까 나 봤다는 말, 어디 가서 하지 마!"

녀석이 당부하며 친구들을 데리러 밖으로 뛰쳐나갔다.

"그거야 뭐 쇤네가 말하지 않아도 다 퍼질 텐데요."

에이단이 누구인가. 야시장에 떴다 하면 이미 얼굴과 신분으로 신용을 먹고 들어가는 레오네트 백작의 친손자였다. 아마 벌써 여기까지 오는 길에 알아본 이들이 한둘이 아닐 것이다.

"우리 아기 도련님은 언제나 다 크실꼬."

비비안이 홀로 중얼거리더니 곧 직원들에게 특별 꼬치를 명령했다.

3.

비비안의 꼬치에 이어 다음은 도넛이었다. 꼬치 맛을 본 데스 형제들은 에이단의 뒤만 졸졸 따라다녔다. 과장 조금 보태서 녀석이 죽으라고 하면 죽는 시늉까지 할 것처럼 눈빛들이 초롱초롱했다.

"도련님이 함께 계신 자리입니다. 예의를 갖추세요!"

그들이 정신을 잃고 먹을 때마다 리타가 타박했지만, 그게 통하는 것도 잠시뿐이었다. 온갖 먹을 것들이 만연한 야시장에서 마족 삼 형제는 종종 이성을 상실했다.

그 정도는 아니었지만, 바율과 친구들 또한 야시장에 익숙한 에이단의 편안한 안내를 받으며 음식과 분위기를 한껏 즐겼다. 처음에만 하더라도 수심이 가득했는데, 어느덧 염려는 멀리 날아가고 없었다.

"스승님, 저도 저 인간들처럼 장갑을 끼고 요리를 해 볼까요?"

배도 두둑이 채웠으니 이제는 입에 마실 것을 물고 이리저리 구경할 차례였다. 음료수를 파는 가게에 들러 주문한 음료를 기다리는 와중 바르가 돌연 리타에게 물었다.

"안 돼요. 자고로 요리는 손맛이라고요! 요 손에 재료가 닿아야만 제대로 맛을 낼 수 있단 말이에요!"

리타가 자부심 어린 말투로 손바닥을 활짝 펼쳐 보였다.

"리타, 잠깐만."

무심코 그 모습을 보고 있던 바율은 놀란 눈으로 리타의 손목을 잡았다.

"손이 왜 이래? 전보다 훨씬 많이 상했는데?"

고작 열여섯 살 소녀였다. 한데 손만 보면 그보다 두 배의 세월을 산 것 같다. 곱기까지 바라는 것은 아니지만, 그래도 남자인 자신의 손보다도 거칠다.

"에이, 이게 다 훈장 같은 거죠. 제가 도련님을 열심히 보필했다는 증거요!"

"뭐라고?"

리타는 자랑스럽게 말했지만 듣는 바율은 그렇게 받아들일 수만은 없었다.

이게 다 자신 때문이었다. 해밀턴에서는 그나마 일을 나누어서 하지만, 캐링스턴에선 주방 일부터 해서 모든 걸 도맡아 하고 있었다. 그러다 보니 손이 이 모양이 된 것이다.

'하아, 내가 더 신경 써야 했는데.'

"안 되겠다. 장갑 사러 가자."

"…네?"

"저 사람들처럼 장갑이라도 끼면 나을 거야."

"아니에요, 도련님. 저 정말 괜찮아요."

"내가 안 괜찮아. 이번에는 내 말 들어."

바율은 인정사정 봐주지 않았다. 평소 리타의 말이라면 뭐든 들어주는 편이었지만, 단호할 때는 아버지인 란데르트 공작 못지않았다.

"리타, 바율이 챙겨 줄 때 받아. 이참에 아예 화장수도 하나 사 달라고 하는 건 어때? 그거 바르면 피부 엄청나게 좋아진다?"

바율의 의욕적인 모습이 나름 신선했는지 일라이가 거들었다.

"바율, 이쪽이야!"

에이단도 실실 웃으며 장갑과 화장수를 파는 골목으로 일행을 데려갔다.

"여기 요리용 장갑 두 개만 주세요. 하나는 여성용, 다른 하나는 제일 큰 걸로 부탁합니다."

"아, 정말 괜찮은데…… 음식은 진짜 손맛으로 하는 건데……."

리타가 옆에서 계속 구시렁거렸지만 바율은 직접 주문부터 계산까지 마쳤다.

"헤헤, 형님! 저도 요리용 장갑이 생겼습니다!"

리타의 속도 모르고 장갑을 받아 든 바르가 신이 나서는 데스와 아몬에게 자랑했다.

"화장수는 저기로 가면 돼."

이제 곧 가을이 오고 겨울이 될 것이다. 그럴수록 피부를 촉촉하게 유지해야 건강할 수 있다. 바율은 입이 댓 발 나온 리타의 손을 잡고 화장수 가게로 향했다.

리타를 위해 주는 바율의 따뜻한 행동에 이언이 홀로 흐뭇한 미소를 지을 때였다.

'응?'

돌연 그가 뒤를 획 돌아보았다.

'누구지? 분명 살기가 느껴졌는데…….'

주변엔 온통 사람들 천지였다. 이중 어딘가에는 리자이,

리바이 형제도 있을 것이다. 이언이 눈에 안력을 돋우며 주위를 살폈지만, 수상한 자는 발견할 수 없었다.

'착각인가?'

순간 마치 칼날에 목이 베인 듯한 서늘하면서도 강한 살의가 지나갔었다. 잘못 느낀 게 아니라면 만만한 상대가 아닐 것이다.

'이걸 어쩌나.'

이언이 앞서가는 바율을 고심하며 바라봤다. 이쯤에서 야시장의 유희를 그만두고 저택으로 돌아갈지 말지에 대해서 결정을 해야 했다.

"거기 가면 향수도 팔겠지?"

"향수?"

"어, 마침 향수가 떨어진 참이었거든. 나도 하나 새로 사야겠다!"

"라이, 너 돈 있냐?"

"당연하지! 내가 거지냐?"

"방학 동안 알바 좀 했나 보네?"

"쓸 만큼은 벌어 뒀지. 미리 말하는데, 부잣집 도련님인 너한테 쓸 건 없으니깐 달라붙지 마라!"

"아 씨, 가출만 안 했어도 나도 돈 많이 벌 수 있었는데!"

"빌려줄까?"

"…뭐? 퀸, 진짜냐?"

"필요한 게 있는 거 아니었어? 싫음 말고."

"아니, 아니야! 있지! 좋고말고!"

"뭐가 필요한데?"

"모자."

"웬 모자?"

"잉그리드 씌워 줄 모자 말이야. 가을용으로 하나 장만해야지!"

"짠돌이가 웬일로 돈을 쓰나 했다."

"퀸은 뭐 필요한 거 없어? 내가 어제 일에 대한 고마움의 뜻으로 선물 하나 하고 싶은데."

"난 뭐 필요한 거 없는데."

"난 있다! 바율, 나도 사 줄 거지?"

"모자 말고 더 필요한 게 있어?"

"나 맨몸으로 나왔잖아. 필요한 게 한두 가지가 아니야."

"이게 어디서 사기를 쳐? 너, 개강 전에 집에 들어갈 거 다 알고 있거든? 지금 순진한 바율 꼬드겨서 벗겨 먹으려는 속셈이냐?"

"뭐래? 야시장 안내비 정도는 챙겨도 되잖아!"

"그래, 에이단. 내가 사 줄게. 뭔지 말해 봐."

"바율! 그러면 안 되지! 나는? 나는 안 사 주냐? 친구끼리 차별하지 말고 똑같이 균등하게 배분하라고!"

"알았어, 알았어. 내가 오늘 한턱 거하게 쏠게! 그럼 됐지?"

어쩌다 보니 바율이 오늘의 물주로 등극했다. 에이단과 일라이가 이게 웬 횡재냐며 들썩거렸고, 퀸은 그저 피식 웃었다.

그 모습을 뒤에서 조용히 지켜보던 이언은 하는 수 없이 머리 위로 수신호를 보냈다. 어딘가에 있을 리자이, 리바이 형제들에게 호위를 강화하라는 표시였다. 한창 달아오른 도련님의 흥을 깨뜨릴 수는 없으니, 좀 더 신중을 기하는 수밖에 없었다.

"너무 먹었나? 배가 좀 아프군."

그때 갑자기 데스가 배탈이 난 듯 허리를 굽히며 배를 잡았다.

"많이 아파요? 화장실 갈 거면 저쪽인데."

"속 좀 비우고 올게."

따라나서려는 바르와 아몬을 제지하고 데스가 곧 인파 속으로 사라졌다.

그런데 배가 아프다며 무리에서 빠져나온 데스가 향한 곳은 에이단이 알려 준 방향과는 정반대였다. 꼿꼿이 세운 허리와 무표정한 얼굴 어디에서도 아픈 기색 역시 전혀 찾아볼 수 없었다.

4.

반다인은 주위를 두리번거렸다. 가장 신경 쓰이던 존재가 별안간 흔적도 없이 자취를 감추었기 때문이다.

왜 없지?

어디로 간 거지?

어째 모든 것이 꼬인 느낌이었다. 거사 날짜를 잡기 위해 가벼운 마음으로 동향을 살피러 나온 것인데, 생각지도 못한 복병이 나타났다.

기껏해야 만월 기사단 몇몇만 상대하면 될 줄 알았거늘 이 무슨 막대한 마력이란 말인가.

'분명 절망의 신, 데스페라티오의 기운이다.'

그의 예민한 감각에 그 기운이 처음 잡혔을 때 머리털이 쭈뼛 섰다. 이런 경험은 본국에서도 해 본 적이 없었다. 이 나라에 와서도 오로지 란데르트 공작만이 그런 느낌을 주었다.

"나를 찾나?"

"……!"

후미진 골목으로 이동하는 반다인의 등 뒤에서 갑자기 서늘한 음성이 들렸다. 순간 몸이 석상처럼 굳었다. 반다인은 차마 뒤를 돌아볼 엄두도 내지 못했다. 그것이 자의인지, 타의에 의해서인지 분간할 정신마저 없었다.

저벅저벅.

걸음걸이 소리가 이토록 두렵게 느껴진 적은 처음이었다. 뒤에서 인기척이 나는데도 돌아보지 못하는 것 또한 이번이 처음이었다.

"호오. 난 또 누군가 했네."

반다인의 눈앞에 나타난 건 데스였다. 배가 아프다며 화장실을 찾던 그가 어째선지 뜬금없이 이곳에 등장했다.

"모르스의 똘마니였어?"

"…누, 누구냐?"

"나? 알 텐데. 그래서 지금 쫀 거 아니야?"

데스의 여유 있는 물음에 반다인은 답하지 못했다. 본능으로 알 수 있었다.

'이자는 나보다 훨씬 강하다!'

마황의 군대를 이끈다는 절망의 신의 힘을 이었기 때문일까. 상대가 마신이라는 사실은 꿈에도 모른 채, 반다인은 홀로 그렇게 짐작했다.

"설치지 말라고 했는데, 아무튼 말은 더럽게 안 듣는다 니까."

"……?"

"아, 이건 혼잣말이야."

데스가 벽에 비스듬히 기댄 채 물었다.

"근데 넌 누구지? 통 못 보던 인물인데."

"…그러는 그쪽은 정체가 뭐지?"

"여태 미행했으면서 아직 그것도 몰라? 짐꾼이잖아. 여기 말로 하인."

"당신이 하인…… 이라고?"

반다인의 얼굴이 기괴하게 일그러졌다. 대관절 누가 저런 힘을 갖고 하인을 한단 말인가. 정체를 숨기기 위한 답 치고는 참으로 어이없는 말이었다.

"꽤 적성에 맞더라고. 생각 있으면 너도 한번 해 봐. 밥도 주고 가끔은 재워 주기도 해."

급기야 그 직종을 추천하기까지 하는 데스였다.

반다인은 침을 꿀꺽 삼켰다. 이제 막 캐링스턴에 도착한 탓에 조사가 미흡했던 모양이다. 어디에서도 란데르트 공작의 아들에게 이런 자가 붙어 있다는 정보는 구하지 못했다.

'하인으로 위장한 호위 기사쯤 되겠구나.'

하나밖에 없는 아들이니 이 정도 호위는 둬야 했을 것이다. 계획이 다소 틀어지겠지만, 바뀌는 것은 없었다. 더욱 심사숙고해 세밀히 짜는 수밖에.

"자, 이제 대답해. 날 쫓은 이유가 뭐야?"

'뭐지? 란데르트 공작의 아들이 아니라 자기를 쫓았다고 착각하는 건가?'

예상치 못한 질문에 반다인은 내심 당황했다. 자기 입으로 하인이라는 자를 그가 쫓을 이유가 무엇이겠는가.

하지만 결과적으로는 매우 다행이기도 했다. 란데르트 공작의 아들이 주변 경계를 더욱 강화한다면 힘이 드는 건 이쪽이었다.

"…궁금해서 그랬소."

반다인은 부러 부드럽게 말투를 바꾸었다. 상대에게 호의가 있음을 보여주는 것이 중요하단 판단에서였다.

"뭐가, 내가?"

"그토록 강한 마력을 지닌 자는 처음 보는 거라서."

"훗, 내가 흥분을 좀 하긴 했지."

기분이 좋은 나머지 잠시 방심했는지, 자신도 모르게 마력이 대거 방출된 모양이었다. 이런 햇병아리에게까지 들켰다면 캐링스틴 어딘가에 있을 라예가르도 느꼈을 터. 다시금 귀찮은 일이 생기는 건 아닐지 불쑥 짜증이 일었다.

그나마 다행인 건 반응으로 보아하니 다른 녀석들의 기운은 가려졌을 거란 것이었다.

"이럴 땐 내가 손해라니까."

"…절망의 신인 데스페라티오 님의 힘이 맞소?"

"모르스 따위와는 비교도 할 수 없는 몸이시지."

"나의 신을 함부로 말하지 마시오! 내가 그대의 신을 모욕해도 괜찮겠소?"

"아니, 그러면 지금 당장 이 자리에서 죽여 버렸을걸?"

갑자기 엄청난 살기가 데스에게서 폭사되었다. 반다인은 그 기세에 완전히 눌리고 말았다.

그는 마족과의 계약으로 마력에 민감할 수밖에 없었다. 상대가 자신을 죽이기로 마음을 먹는다면 피할 수 없음을 직감했다. 그만큼 마력의 차이가 압도적이었다.

반다인은 몰랐지만, 데스는 마황의 군대를 이끄는 마계의 최고 강자였다. 군이 비교하자면 맹수를 코앞에 둔 승냥이 같은 신세라 할 수 있었다.

"모르스. 마계 서열 5위, 죽음의 신. 그놈의 힘을 빌린 인간이라……."

데스보다 무려 서열이 네 계단이나 앞선 신이었다. 그럼에도 그는 상대를 '놈'이라 지칭하는 데 거리낌이 없었다.

기실 모르스는 죽음을 관장하는 신으로 데스와는 사이가
무척이나 안 좋았다. 평생의 정적이라 할 만큼 마주치기만
하면 으르렁거리는 통에 마황 크루델리스가 특별 법령까지
발포했을 정도였다.

"앞으로 모르스와 데스페라티오는 언제 어디서든
단독 만남을 금한다. 그것을 어길 시 엄벌을 내릴 것
이다."

둘만 있으면 어떤 사달이 날지 모르기에 내려진 불가피
한 결정이었다.

한데 하필이면 그런 놈의 신도를 만난 것이다. 궁금해서
뒤를 밟았다고 하는데, 모르스에 대한 불신 때문인지 전혀
믿음이 안 갔다.

"그런 강력한 마력은 어떻게 얻은 것이오?"

가늘어진 데스의 눈빛 탓이었을까.

반다인이 분위기 전환을 위해 용기 내어 질문했다. 그러
자 데스가 피식 웃어 젖혔다.

"성취는 제법인데, 신을 잘못 골라서인가? 머리가 되게
나쁜 것 같군."

"뭐, 뭐요?"

"그딴 걸 물으면 진정 내가 답을 해 줄 거라 생각했나?"

"…피차간에 서로 도울 수 있는 것 아니오?"

"으하하! 근래 들어 가장 웃긴 말이로군."

모르스의 신도가 자신에게 도움을 청할 줄이야. 만일 이 사실을 놈이 안다면 한 백 년쯤은 약 올라 할 것이다.

꽤 보고 싶어지는군.

"왜 웃는 것이오?"

"궁금한가? 알고 싶으면 너의 신에게 가서 물어보든가."

"……?"

"데스라는 자를 만났는데 도움을 청하니 웃더라고. 그럼 알게 될 거야."

"대체 무슨 소리를 하는 건지…….."

"이제 돌아갈 시간이군."

데스가 기대에 있던 벽에서 몸을 뗐다.

"화장실에 좀 다녀가는 길이라."

긴 앞머리 사이로 데스의 까만 눈동자가 강렬하게 빛났다.

"경고하는데 더 이상 따라오지 마. 그땐 진짜 힘을 보여 줄 테니까."

"크흡!"

데스는 반다인의 곁을 그냥 지나쳤을 뿐이었다. 한데 반다인이 신음을 터뜨리며 무릎을 꿇고 주저앉았다. 그런 그의 신체 어느 부위에도 상처 하나 없었다.

단지 환상 하나를 보았다.

검은 날개를 활짝 펼친 채 어둠 속에서 자신을 보고 있는 누군가의 모습을.

그 순간 오싹한 기운과 함께 깊은 절망이 반다인을 사로잡았다. 한동안 꼼짝할 수가 없었다. 그대로 한 발자국이라도 움직인다면 상대가 돌아와 그를 죽일 것만 같은 공포가 엄습했다.

Chapter 5.
절망의 신전 방문

1.

어제는 바율과 친구들 모두 새벽 늦게까지 야시장에서 시간을 보냈다. 언제 또 이런 기회가 있을지 모르기에 야시장이 거의 파장할 때까지 버티며 놀았다. 덕분에 맛있는 것도 실컷 먹었고, 해 볼 만한 게임이나 체험은 빠짐없이 참여했다.

친구들에게 물주로 잡히면서 꽤 많은 돈을 쓴 바율이지만, 전혀 아깝지 않았다. 그간 받았던 도움에 비하면 그쯤은 아무것도 아니었다.

"하암, 리타. 지금 꼭 가야 해?"

새벽이라고는 하나 거의 아침 해가 뜨기 직전에 들어왔

다. 여전히 꿈나라에서 헤매고 있는 친구들과 달리 바율은 오전부터 리타에게 잡혀 마차에 오르고 있었다.

"오늘 아니면 시간 내기 어렵단 말이에요. 이틀 뒤면 개강이시잖아요."

"그건 그렇지만…… 하아암!"

하품이 계속해서 나오는 통에 바율은 눈도 제대로 뜰 수가 없었다.

"제가 곰곰이 생각해 봤는데요. 이대로는 안 될 것 같아요."

"후하아…… 뭐가 말이야?"

마차는 이미 출발해서 어디론가 가고 있었다. 리타가 목적지를 말해 준 것 같긴 한데, 잠결에 들어선지 바율은 자신이 어디로 가는지 알지도 못하는 상태였다.

"바르 말이에요! 실력이 너무 안 늘잖아요!"

"…요리 실력 말이야?"

"네에! 제가 옆에서 눈 똑바로 뜨고 지켜봤는데, 분명 제가 하라는 대로 틀린 것 하나 없이 전부 했거든요? 근데도 맛이 없는 거예요. 저랑 똑같이 했는데 정말 이상하지 않으세요?"

"이상하긴 하네."

레시피를 알려 줘도 요리하는 사람에 따라 맛에 미묘한

차이가 날 수는 있었지만, 바르의 음식 맛은 정말이지 사람이 먹을 만한 수준이 아니었다. 불가사의한 어떤 이유가 숨어 있는 것만 같달까.

"이건 무조건 부정 탄 거예요."

"부정?"

"네! 음식 맛을 해치는 악한 뭔가가 바르에게 붙은 게 확실하다고요!"

"…그래서?"

"그래서는 무슨 그래서예요. 그러니까 기도를 해야죠! 부정의 기운을 씻어 내려면 신에게 기도를 하는 수밖에요!"

"신? 어느 신?"

바율은 무심코 마차 밖을 살폈다. 어딘지 뭔가 되게 익숙한 느낌이 드는 길이었다.

"캐링스턴에 신전이 엄청 많더라고요? 국제적인 도시라서 그런 것 같은데, 제가 그중에서 딱 알맞은 신을 찾았어요!"

"…알맞은 신?"

"해밀턴에서 모시는 신이랑 비슷한 느낌의 신이요."

설마……!

바율이 속으로 설마를 찾는 사이, 마차가 기울어지며 언덕을 오르기 시작했다. 창밖을 보지 않아도 알 수 있었다. 이 길은 캐링스턴 아카데미로 올라가는 길이었다.

"절망의 신전이라는 게 있지 뭐예요! 그것도 도련님 다니시는 아카데미에요! 거리도 가깝고, 뭔가 이름도 마음에 들고! 아무튼 거기로 정했어요, 전!"

"그러니까 정리하면, 절망의 신에게 바르가 요리를 잘할 수 있도록 빌어 보겠다는 얘기지?"

"네! 맞아요!"

그거라면 굳이 신전까지 갈 필요가 없는데…… 아니, 애초에 빌어서 될 게 아닌데…….

"바르에게 맛있는 요리를 할 수 있게 해 주겠다고 제가 약속했잖아요. 그걸 꼭 지키고 싶어요!"

양 주먹을 불끈 쥔 리타의 모습은 책임감으로 똘똘 뭉쳐 있었다.

"근데 왜 바르가 아니고 나랑 가는 거야? 바르가 없으면 안 되는 거 아니야?"

"부담 느낄까 봐서요. 안 그래도 주눅 들어 있는데 더 기죽으면 안 되잖아요. 도련님은 왠지 같이 가셔야 신전에서 저 무시 안 할 것 같아서 그렇고요."

"아, 그런 이유였어?"

이럴 때 보면 겉으로만 뭐라고 하지, 배려심 하나는 기가 막힌다.

"그래, 이왕 이렇게 된 거 리타의 소원이 이뤄졌으면 좋겠다. 나중에 바르도 알면 분명 고마워할 거야. 그렇죠, 이언 경?"

"……."

대답이 없어 옆자리를 돌아보니 이언의 눈이 감겨 있었다.

설마 지금 주무시는 건가?

뜻밖의 상황에 바율은 그저 멍했다.

수행 기사의 의무를 저버리지 못해 함께 오긴 했다만, 어제의 여파가 그도 만만치는 않은 모양이었다.

"피곤하신가 봐요. 좀 주무시게 두세요."

그러고 보니 쌩쌩한 건 리타가 유일했다. 방긋 웃는 그녀의 얼굴에선 피로라고는 조금도 느낄 수가 없었다.

2.

이른 오전 시간이었지만, 주말에 신전을 오가는 신도들을 위해선지 아카데미의 정문은 활짝 열려 있었다. 아카데미 내에서 마차를 타는 것은 금지되어 있었기에 정문에서 신전까지는 걸어가야 했다.

"우와! 아카데미가 이렇게 생겼군요! 되게 멋있어요, 도련님!"

"그래?"

"네! 여기서 공부하면 뭐든 잘될 것 같아요! 시간이 좀 더 있으면 여기저기 구경해 보는 건데, 아쉽네요."

리타가 진심으로 안타까워하는 표정을 짓자 바율은 자신도 모르게 제안했다.

"그러면 가을 축제 때 올래?"

"축제요?"

축제라는 말에 안경 너머 리타의 눈동자가 기대감으로 부풀었다.

"응, 매년 가을마다 아카데미에서 축제를 열거든. 초대만 받으면 누구든 올 수 있어."

"갈래요! 꼭 가고 싶어요!"

"알겠어. 리타는 내게 소중한 사람이니까, 특별하게 초청할게. 이언 경도 오실 거죠?"

"리타 양을 지키기 위해서라도 가야 할 것 같군요."

"그럼 초대장은 두 장을 준비하겠습니다."

아직 그 축제에서 무엇을 할지 정하지도 않았으면서 손님을 벌써 둘이나 받았다.

개강 후 얼마 지나지 않아 바로 중간고사가 있고 축제는 그다음이었다. 거의 시험이 끝난 직후이기 때문에 시험과 축제를 동시에 준비하는 것이 캐링스턴 아카데미의 학생이라면 피할 수 없는 수순이었다.

"오예! 야시장보다 더 재밌을 것 같아요!"

신이 난 리타의 목소리가 커졌다. 바율이 다니는 아카데미를 구경할 수 있는 것도, 축제의 손님으로 초대받는 것도 그녀의 신분으로는 절대 누릴 수 없는 호사였다.

"역시 전 도련님이 제일 좋아요!"

세상을 다 가진 듯 활짝 웃는 리타의 머리를 바율이 다정하게 쓰다듬었다. 바율에게도 녀석은 둘도 없는 존재였다. 해 줄 수 있는 건 뭐든 해 주고 싶다.

"아니, 이게 누구지? 바율이 아니냐?"

"앗, 바그너 사제님! 그간 안녕하셨습니까?"

우연히도 신전에 들어서자마자 바그너 사제와 마주쳤다.

"안 그래도 개강하면 인사드리러 올 참이었는데, 일찍 뵙게 되었네요."

"그러니까 말이다. 오랜만에 보니 반갑구나. 그런데 여긴 어쩐 일로 왔지?"

"아, 그게 기도할 것이 좀 있어서요."

"네가 말이니?"

"아니요, 이쪽이요."

바율이 리타를 가리키자 그녀가 꾸벅 인사했다.

"안녕하세요, 사제님. 리타라고 합니다."

"해밀턴에서부터 저를 도와주고 있는 녀석입니다."

"오호, 그렇구나. 이분은 딱 봐도 알겠다. 만월 기사단이시구나."

이언이 바그너 사제에게 가볍게 고개를 숙여 인사했다.

"만월 기사단 분을 만나서 영광입니다."

"저야말로 사제님을 뵈어서 영광입니다. 도련님께 말씀은 들었습니다."

"하하, 그러셨습니까?"

바그너 사제는 바율의 몸 상태를 점검해 주는 이였다. 이언이 그런 그를 모를 리 없다. 란데르트 공작에게 따로 연락이 간다는 것까지도 알고 있었다.

"하면 제가 기도실까지 안내를 할까요?"

"어디 가시려는 것 아니셨어요?"

"그렇긴 한데, 급한 용무는 아니란다. 신전이 꽤 커서 길을 헤맬 수도 있으니 내가 안내하마. 따라오거라."

바그너 사제의 친절에 리타가 꾸벅 절하며 감사히 그 뒤를 따랐다. 바율과 이언은 딱히 기도할 것은 없었지만, 따로 특별히 할 것 역시 없었기에 기도실 구경이나 할 겸 쫓아갔다.

기도실의 규모는 생각보다 컸다. 돔 형식의 천장과 벽에 의미를 알 수 없는 여러 그림과 조각들이 채워져 있었다. 정면의 중앙에는 마치 무대처럼 단상이 놓여 있었는데, 그곳의 가장 높은 곳에 절망의 신의 석상이 자리하고 있었다.

'데스와는 많이 다르게 생겼네.'

그 석상을 보고 바율이 처음 느낀 바는 그것이었다. 이른 시각임에도 기도실에는 이미 많은 신도들이 찾아와 기도를 올리고 있었다.

리타도 재빨리 빈 자리를 골라 앉고는 두 손을 모으고 기도했다.

'절망의 신에게 비옵니다. 사실 저는 오늘 여기 처음 오는 것입니다. 제가 사는 해밀턴에선 전쟁의 신을 믿거든요. 그래도 왠지 느낌상 비슷하신 분일 것 같아 이곳으로 왔습니다. 그러니 제 소원을 꼭 들어주세요.'

리타는 정말이지 간절했다.

'제가 바라는 건 오로지 딱 하나입니다. 바르라고 하는 제자가 한 명 있는데, 아무리 가르쳐도 요리 실력이 늘지를 않아요. 이걸 대체 어떡하면 좋을까요? 잔소리도 해 보고

막말도 해 봤는데, 다 소용이 없더라고요. 그래서 전 진퇴양난에 빠졌습니다.'

기도하는 리타의 미간에 진한 주름이 잡혔다. 심각한 분위기가 멀리 서 있는 바율에게까지 전해졌다.

'혹시 이게 제가 못되게 군 탓일까요? 사실 고백하자면, 처음에 제가 그 사람을 너무 싫어했거든요. 그래서 조금 괴롭히기도 했는데…… 그 벌을 받고 있는 걸까요? 그렇다면 언제까지 그 벌을 받아야 하나요?'

"응?"

기도실에 온 김에 신도들을 살피던 바그너 사제가 이상한 기운을 감지하고 돌아보았다. 별안간 절망의 신과의 엄청난 친화력이 느껴졌기 때문이다.

'이게 어디서 흘러나오는 거지?'

바그너 사제가 제일 먼저 살핀 건 바율이었다. 하지만 아니었다. 아무리 바율의 친화력이 높다고 해도 이렇게 떨어진 상태로 기운을 느낄 수는 없다. 직접 몸에 손을 대야만 알 수 있었다.

'바르에게 막말한 거 취소할게요. 아니, 데스 씨랑 아몬에게 나쁘게 말한 것도 다 반성할게요. 그러니 제 제자의 요리 실력이 나아질 수 있도록 도와주세요. 이렇게 빌고, 또 빕니다.'

리타는 온 마음을 다해서 신에게 기도했다. 바르에게 씌워진 부정의(?) 기운을 벗겨 내기 위해서 성심을 다해 정신을 집중했다.

그리고 그때서야 바그너 사제는 문제의 대상이 리타임을 알아차렸다.

한데 이건 그저 친화력이라 말할 수 있는 수준이 아니었다. 절망의 신이 현실에 강림했다고 해도 믿을 수 있을 정도였다.

'어떻게 저 어린 소녀에게서 이런 기운이 뿜어 나올 수 있단 말인가……!'

바그너 사제는 또 한 번 충격에 빠졌다. 솔직히 절망의 신과의 친화력이 갈수록 높아지는 바율 하나만으로도 벅찬 그였다. 도대체 절망의 신과 어떤 연이 닿았기에 저 둘에게 이런 축복이 내려진 것일까.

이제는 상실감도 들지 않는다. 바율은 놓쳤지만, 리타는 어떻게 해서든 잡고 싶었다. 그녀가 지닌 힘이라면 신전에 막대한 도움이 될 것이다.

'절망의 신님, 제 기도 잘 들으셨나요? 부디 제 진심이 다다랐길 바랍니다. 초면에 너무 큰 부탁을 드려서 죄송해요. 하지만 도와주신다면 앞으로 자주 찾아오도록 하겠습니다. 헌금도 낼게요.'

고향의 신에겐 조금 미안했지만, 리타는 급했다.

'그럼 전 이만 가 보겠습니다. 밀린 일거리가 많아서요. 도련님 친구분들이 왕창 놀러 오신 덕에 엄청 바쁘거든요. 그래도 도련님이 행복해하시는 것 같아 전 하나도 힘이 들지 않답니다. 오늘도 아침부터 신전에 같이 와 주신, 아주 좋으신 분이거든요.'

바율을 떠올리자 리타의 입가에는 절로 미소가 그려졌다.

'말이 나온 김에 한 가지만 더 부탁드려도 될까요? 우리 도련님, 더 이상 아프지 마시고 건강하게 아카데미 생활 잘하실 수 있도록 도와주세요. 가까운 곳에 계시니 그 정도는 해 주실 수 있죠? 그렇게만 해 주시면 제가 헌금도 두 배로 낼 수 있답니다. 진짜로요!'

허투루 하는 말이 아니었다. 리타는 진심이었다. 바율이 무사히 아카데미를 졸업하고 해밀턴으로 돌아가는 것이 그녀의 가장 큰 바람이었다.

'그럼 이제 정말로 가 볼게요. 안녕히 계세요.'

리타는 마지막까지 예를 갖춰 절망의 신에게 인사를 올렸다.

"리타 양, 잠시 저와 이야기 좀 나눌 수 있을까요?"

감고 있던 눈을 뜨자마자 리타가 마주한 건 기도실로 안

내해 주었던 바그너 사제였다. 그가 굉장히 극진한 태도로 그녀에게 대화를 청했다.

처음부터 친절하신 분이긴 했으나 이 정도는 아니었기에 리타는 어리둥절했다.

갑자기 사제님이 왜 이러시지?

그에 지켜보고 있던 바율이 다가갔다. 이언은 잠시 근처를 둘러보고 오겠다며 자리를 비운 상태였다.

"바그너 사제님, 무슨 일이세요?"

"아, 그게…… 여기서 말하기는 좀 곤란해서…… 하지만 걱정할 만한 이야기는 아니란다. 그저 좀 묻고 싶은 게 있어서 말이지."

"리타에게 말입니까?"

"바율 너와 비슷한 이유로 말이다."

나와 비슷한 이유?

잠시 의아해하던 바율은 뒤늦게 뭔가 감이 왔다.

"혹시 친화력을 말씀하시는 겁니까?"

"여긴 듣는 사람이 많으니 자리를 옮기는 게 좋을 것 같구나."

"네…… 사제님."

생각지도 못한 상황이었다. 하지만 조금만 이성적으로 따져 보면 이상할 게 전혀 없다.

바그너 사제님은 리타에게서 자신처럼 절망의 신에 대한 친화력을 느낀 것이다. 표정으로 보아 그 수준이 엄청날 것은 자명한 사실이다.

왜 아니겠는가.

리타의 음식을 먹겠다고 하인으로 취직까지 한 데스였다. 그녀에 대한 데스의 믿음은 가히 맹목적이었다. 그것이 친화력에 어떤 영향을 끼쳤을지는 안 봐도 뻔하다.

'내가 미리 거기까지 생각했어야 했는데⋯⋯.'

리타를 괜한 일에 말려들게 한 건 아닌지 내심 걱정이 든다.

'어?'

바그너 사제님의 요청을 거절할 수 없어서 복도로 나와 다른 곳으로 이동하는 중이었다. 반대편에서 상당히 키가 큰 남자가 이쪽으로 걸어왔다. 자연스레 눈길이 갔을 뿐인데, 어쩌다 보니 사내와 바율의 눈이 딱 마주쳤다.

'뭐지?'

사내는 검은 장발에 피부가 창백하리만치 하얬으며, 입술이 굉장히 붉었다. 무엇보다 특이한 건 눈동자였다. 창가로 쏟아지는 햇빛 탓인지 사내의 눈 색이 짧은 시간에도 여러 가지의 빛깔을 내었다.

당당한 걸음걸이와 자신감 있는 표정.

누군지는 모르겠으나 이름만 대면 알만한 유명한 기사가 아닐까 내심 짐작해 보았다.

—바율 님, 조심하세요.

'스피넬?'

별안간 스피넬이 바율의 앞을 막아섰다. 그에 바율이 멈칫하자, 마주 오던 사내가 고개를 갸웃거렸다. 그의 눈에는 스피넬이 보이지 않으니 당연한 반응이었다.

—강한 마족의 기운이 느껴집니다.

'마족의 기운이라니? 설마 저 사람도 마족이라는 거야?'

—아니요, 저자는 인간입니다. 마족과 계약을 한 인간이요.

'아, 그럼 데스와 계약을 한 건가?'

이곳이 절망의 신전이니 바율로선 얼마든지 할 수 있는 생각이었다.

—그것까지는 제가 알 수 없습니다만, 어쨌든 조심하십시오.

잠시 머뭇거리긴 했지만, 바그너 사제와 리타를 의식해서 바율은 보조를 맞추며 잘 걸어갔다. 스피넬 역시 그런 바율의 곁을 찰싹 붙어 따르고 있지만, 온 신경은 다가오는 사내를 향해 있었다.

이상함에 고개를 갸웃하던 사내는 이내 관심 없다는 듯 일행의 옆을 스치고 지나갔다. 스피넬이 걱정할 만한 일은 전혀 일어나지 않았다.

'스피넬, 전부터 묻고 싶었던 건데 마족을 왜 그렇게 경계하는 거야?'

데스의 정체를 알게 된 것도 방금 전과 같은 스피넬의 태도 때문이었다.

—그건 저도 잘 모르겠습니다.

'모른다고?'

—네, 그저 제 본능이 경고하는 것 같습니다.

'경고?'

—마족은 위험한 존재라는 생각을 계속 떠올리게 하는 느낌이라고 할까요? 기억의 조각을 더 찾아야 정확한 이유를 알 수 있을 것 같습니다.

'그렇구나.'

바율도 데스가 마족이란 사실을 처음 알았을 때, 너무 놀라서 해고까지 하려 했었다. 그들과 함께 지내면서 문제라곤 없었지만, 마족이란 이름 자체가 주는 두려움 때문에 함께할 수 없겠다는 생각만이 들었었다.

하지만 지금은 갈수록 그 생각에 변화가 생긴다. 데스는 물론이고 바르와 아몬 모두 지금껏 바율이 알고 있던 마족과는 거리가 멀어도 너무 멀었기 때문이다.

돌이켜보면 데스는 신도와 신전까지 있는 마신이었다. 마계에도 여기 인간계가 그러하듯이 좋은 마족이 있고 나쁜 마족이 있을 것이다.

데스 삼 형제는 그중 좋은 마족에 낄 게 분명하다. 꼭 그래야 했다.

Chapter 6.
패싸움

1.

시간은 전광석화처럼 흘러 어느덧 개강일이 되었다. 바그너 사제는 결과적으로 리타를 꾀지 못했고, 바율은 그게 다행이라고 생각했다. 녀석은 매우 바쁘다는 핑계를 대며 거절했는데, 애초에 바그너 사제의 말을 믿지 못하는 것 같았다.

괜히 엮여서 데스가 마족이라는 걸 누군가 알게 되기라도 하면 후일을 장담할 수 없다. 만약 그게 아버지의 귀에 들어갈 경우 어떤 일이 생길지는 상상하고 싶지도 않았다. 되도록 리타를 바그너 사제님의 곁에서 멀리 떨어뜨려 놓는 것만이 지금 바율이 할 수 있는 최선의 방안이었다.

'너무 성급했어.'

가을 축제 때 리타를 초대하는 게 아니었는데.

때늦은 후회였다. 리타를 우러러보던 바그너 사제의 눈빛을 아직도 잊지 못한다. 행여 축제 때 다시 만나게 되는 건 아닐지 바율은 그 점이 걱정스러웠다.

"바율, 무슨 일 있어?"

"…응?"

익숙한 음성에 돌아보니 방학 동안 한 번도 만나지 못했던 로건의 황금색 눈동자가 바율을 향해 있었다.

"로건, 이게 얼마 만이야! 잘 지냈어?"

반가움에 걱정이 싹 달아났다. 다른 친구들과 즐겁게 지내는 동안에도 종종 로건에 대한 생각이 머릿속에 떠오르곤 했었다.

"야시장에서 보자던 내 편지 못 받았어? 새벽까지 기다렸는데!"

"받긴 했는데 확인이 늦었어. 캐링스턴에 어젯밤에 도착했거든."

"어젯밤에?"

"응, 집에 일이 좀 있어서 늦었어."

"그랬구나. 난 며칠 먼저 와 있을 줄 알고 캐링스턴 저택으로 보냈지."

"근데 넌 왜 사물함 문을 연 채로 멍하니 서 있었던 거야? 어디가 아프기라도 해?"

오늘도 역시나 바율 염려부터 하는 로건이었다. 그 마음을 십분 이해하기에 바율은 웃으며 대답했다.

"아니, 그런 거 아니야. 그냥 좀 생각할 게 있었어."

자신에 이어 리타에게까지 절망의 신과의 친화력이 있다고 하면 이상하게 여길 게 분명했다. 도둑이 제 발 저리다고, 데스가 마족이라는 걸 알고 나니 친화력에 대한 이야기는 웬만하면 숨기고 싶었다.

"무슨 생각?"

로건은 그저 별생각 없이 물었을 뿐이었다. 그런데 어울리지 않는 거짓말을 하려니 바율의 표정이 다소 어색해졌다. 그에 로건의 눈빛이 가늘어졌고, 바율은 괜스레 목 뒤를 긁적였다.

무슨 핑계를 대지?

이럴 때 남들은 아무 말이나 잘 던지던데, 어째서 자신은 입도 벙긋 못하는지. 스스로가 임기응변에 약하다는 사실을 다시 한번 깨닫는다.

"여어! 너희들 반갑다! 엄청 오랜만이야!"

그때 아주 다행스럽게도 구원자가 나타났다.

"로건! 바율! 방학 동안 잘 지냈냐?"

"…누구?"

목소리는 매우 친숙한 반면 바율은 상대를 한 번에 알아보지 못했다. 그건 로건도 마찬가지였다. 굉장히 낯익은 느낌인데, 처음 보는 얼굴 같았다.

"뭐야, 설마 나 못 알아보는 거냐?"

"…아!"

그러던 순간 바율은 퍼뜩 이름 하나가 떠올랐다.

"슈빅이구나! 미안해! 얼굴이 너무 까맣게 타서 몰라봤어. 왜 이렇게 탄 거야?"

"그야 방학 내내 서핑했으니까 그렇지. 이 구릿빛 피부 좀 봐라. 멋있지 않냐?"

녀석이 시커멓게 변한 팔뚝을 과시하듯 바율에게로 내밀었다.

"내가 승마에는 소질 없어도, 서핑 하나는 기가 막히게 잘 타잖아. 거친 파도가 쫘악 덮칠 때, 그걸 탁 올라타서 가르는 맛이 대박이거든! 얼마나 기분 째지는지 아냐? 축제 때 승마 대회가 아니라 서핑 대회가 열려야 해. 그럼 내가 우승하고도 남지! 난 바다 사나이! 육지에는 어울리지 않는 남자야!"

"내가 너 여기서 이럴 줄 알았다! 저기 멀리서부터 네 말소리밖에 안 들리더라!"

슈빅이 바율과 로건을 잡아 세워 두고 한참 자화자찬을 늘어놓는데 에이단이 끌끌 혀를 차며 등장했다.

"에이단, 왔어?"

바율의 질문에는 어제 돌아간 저택에서 아무 일 없었냐는 안부를 묻는 뜻이 담겨 있었다. 무단가출에 연락도 없이 며칠이나 외박을 했으니 크게 혼이 나도 할 말이 없는 상황이었다.

"응, 보다시피 무사해."

자세한 얘기는 이따가 해 줄게.

슈빅을 곁눈질하는 녀석의 눈초리가 심상치 않았다. 걱정과 달리 멀쩡하게 살아서(?) 오긴 했으나, 아무 일이 없었던 것은 아닌 모양이었다.

"뭔가 답이 좀 이상하다? 왔냐는데 무사하다니, 에이단 너 뭔 일 있었지?"

아무튼 낌새를 알아차리는 데는 타고난 선수였다. 슈빅이 대번에 눈을 가느다랗게 뜨고는 에이단을 관찰했다.

"일이 있기는 뭐가 있어. 방학 동안 심심해 죽는 줄 알았거든?"

"넌 캐링스턴에 살면서 서핑도 안 하냐? 그게 얼마나 재밌고 시간이 잘 가는데!"

"바닷가에 살면 다 너처럼 물놀이만 하는 줄 알지? 단순한 놈!"

"놈이라니! 개강 첫날부터 욕하는 거냐, 지금?"

"내가 너 편지하려면 맞춤법 제대로 맞게 쓰라고 했지?"

"…그래, 뭐? 틀렸냐?"

주춤거리는 슈빅을 바라보며 에이단이 긴 한숨을 내뱉었다.

"내가 한두 개면 말을 안 한다, 말을 안 해. 어우! 답장이고 뭐고 다 때려치우려다가, 네 정성을 생각해서 써 준 줄이나 알아!"

보는 눈들이 있으니 이 정도에서 마무리하는 것이다. 슈빅의 편지를 처음 보자마자 에이단은 진정 할 말을 잃었었다.

'졸업 전에 맞춤법은 다 뗄 수 있으려는지……'

바라건대 제발 그리되기를 에이단은 진심으로 소원했다.

"나쁜 자식! 애들 앞에서 내 치부를 드러내다니!"

"뭐? 치부? 너 치부의 뜻을 제대로 알기는 하냐? 내가 진짜 여기서 다 까 봐?"

에이단이 가방을 열려고 하자 슈빅이 당황하며 후다닥 막아섰다.

"설마, 가져왔냐?"

"그럼 버렸겠어?"

"마, 맞춤법도 다 틀렸다면서. 그냥 버리지, 왜!"

"아깝잖아! 두고두고 이용해 먹을 수 있을 텐데, 그걸 내가 왜 버려? 미쳤냐?"

"…치사한 녀석!"

"자주 듣는 얘기야."

"매정한 자식!"

"그것 역시."

슈빅이 험한 말을 뱉을 때마다 에이단이 눈을 감은 채 고개를 끄덕였다. 일견하기에는 에이단이 슈빅을 괴롭히는 모양새 같았지만, 바율이 보기에 녀석은 즐거운 장난을 치고 있었다. 오랜만에 만난 슈빅이 어지간히도 반가운 듯했다.

"그러니까 입 함부로 놀리지 마라. 이거 언제든 공개해 버린다!"

승리는 에이단의 것이었다. 녀석의 협박에 슈빅이 부르르 몸을 떨며 항복했다. 반드시 복수하겠다는 매서운 눈빛을 활활 불태웠지만, 녀석의 뜻대로 될 일은 없을 것 같았다.

"알아들었으면 새로운 소식이나 좀 읊어 보시지?"

"소식?"

"어, 방학 동안 뭐 재미난 얘깃거리 없었냐? 그런 거 알아내는 게 네 특기잖아."

"글쎄. 이번엔 그다지 뭐 특별할 것들이 없어서. 오늘이 개강 첫날이기도 하고. 아직은 바람의 신사분께서 다시 출근했다는 것 정도밖에는 없네."

"바람의 신사?"

그런 별칭으로 불리는 이라면 모두가 아주 잘 아는 상대
가 딱 한 명 있었다.

아카데미에 위급한 상황이 생기면 어김없이 나타나 해결
해 주고 사라진다는 바람의 신사.

그건 일라이의 양부이자 아카데미의 이사장인 라예가르
를 지칭하는 말이었다.

"이사장님이 무슨 일이시지? 원래라면 안 보이시는 게
정상 아니야? 아카데미 경영 같은 거엔 관심 없다며?"

"그랬었지. 근데 생각이 바뀌셨나 봐."

'그럼 안 되는데…….'

라예가르는 일라이를 자극하는 유일한 인물이었다. 방학
만 지나면 안 보게 될 거라고 좋아하던 녀석의 모습이 떠오
르자 바율은 갑자기 눈앞이 캄캄했다.

"아마도 라이 때문이겠지?"

"야!"

"슈빅!"

바율과 에이단이 동시에 소리치자 슈빅이 놀라서 뒷걸음
질 쳤다.

"그 소리, 라이 앞에서 해라. 앙?"

그땐 알지?

에이단의 표정이 모든 걸 말했다. 아무리 나대는 슈빅이라지만, 녀석에게도 정도는 있었다. 이사장 얘기만 나오면 일라이가 흥분한다는 걸 슈빅이 왜 모르겠는가.

"우 씨, 나도 가족은 안 건드린다고 전에 말했지? 지금 라이 없어서 말한 거거든? 날 뭐로 보고!"

"…녀석이 언제 나타날지 모르니까 그렇지! 아무튼 조심해. 실수하지 말고."

"내 입은 내가 알아서 단속할 테니, 발끈하는 네 성질머리도 좀 죽이는 게 어때?"

"슈빅, 에이단은 라이를 생각해서 한 말이야. 그러니 너무 기분 상해하지 마. 나도……."

바율이 서먹해진 상황을 마무리 지으려는 때였다.

"야, 너희들 여기서 이럴 때가 아니야!"

한 아이가 뛰어가다가 일행을 발견하고 소리쳤다.

"밖에 싸움 났대!"

"싸움?"

"마법학부랑 신학부가 단체로 붙었다나 봐!"

"으잉? 걔들이 왜?"

오늘은 2학기 첫날이었다. 아직 등교하지 않은 학생도 있는 마당에 웬 패싸움이란 말인가?

"나도 얼핏 들었는데, 마법학부에서 신학부의 약초밭을

엉망으로 만들어 놨다나? 그래서 신학부생들이 우르르 쳐들어갔대!"

"가만! 그리고 보니 라이가 안 보이네?"

"얘 설마……!"

"퀸도 아직 안 왔어."

다행히 퀸은 행정학부 소속이니 패싸움에 연루되지는 않았을 것이다. 하지만 일라이는 휩쓸렸을 가능성이 다분하다. 누가 먼저랄 것 없이 모두가 달려 나갔다.

2.

바율과 친구들이 마법학부관에 도착했을 땐 난리도 그런 난리가 없었다. 수십 명의 학생들이 한데 엉켜서 주먹다짐을 하는 장면은 가히 장관이었다.

손에는 아무 무기도 들지 않았지만, 살이 찢기고 피가 튀겼다. 이미 쓰러져서 거동을 못 하는 학생들이 한둘이 아니었다.

그 와중에 마법과 신성력을 동원하지 않은 것이 다행이라면 다행이었다. 그랬다면 더 큰 사고로 번졌을 게 분명했다.

"아 씨, 진짜 그만하라니까!"

"진정들 좀 하라고!"

예상했던 대로 일라이는 이곳에 있었다. 다만 모범생답게 싸움에는 끼지 않고 말리는 입장이었지만, 언제 주먹질을 당할지 알 수 없었다.

1학년 사절단으로 함께 황도에 갔었던 슈스케와 엘레인의 모습도 보였다. 녀석들 역시 일라이처럼 어떻게든 싸움을 말리려 하는 것 같았다. 패싸움은 1학년뿐 아니라 2, 3, 4학년 전체가 엮여 있었다. 그야말로 마법학부 대 신학부의 전쟁이었다.

"퀸!"

어쩐 일인지 그 전쟁의 끄트머리에서 바율은 퀸을 발견했다. 거리가 제법 멀었지만 한심해하는 퀸의 표정이 선명하게 눈에 띄었다.

"첫날부터 시끄러워서 두고 볼 수가 없군."

장내를 돌아보며 퀸이 고개를 설레설레 저었다. 그러던 그의 눈빛이 삽시간에 차갑게 바뀌었다. 그의 허리춤에서 출렁이던 푸른색 머리칼이 점점 짙어지는가 싶더니, 어느 순간 하늘에서 물벼락이 떨어졌다.

촤아아아아!

거대한 폭포수와도 같았다. 근처 분수대의 물이 허공을

길 삼아 날아와 패싸움을 벌이고 있는 아이들의 머리 위로 산산이 뿌려졌다.

"이제 좀 조용하군."

덕분에 장내는 단번에 소강상태가 되었고, 말리는 아이들의 외침이 똑똑하게 주위로 번졌다.

퀸은 그대로 아무 일 없었다는 듯 학관을 지나쳐 걸어갔다. 소란이 멎었으니 그 뒤는 알아서 하라는 듯 홀로 유유히 그렇게 빠져나갔다.

3.

"퀸!"

"어? 바율!"

볼일(?)을 끝내고 급하게 어딘가로 향하던 퀸이 반색하며 바율을 맞았다.

"안 그래도 너 찾으러 가는 길이었는데, 잘됐다."

좀 전에 차디찬 기운을 풀풀 풍기며 물벼락을 뿌리던 모습은 온데간데없었다. 더없이 부드러운 말투와 눈빛으로 바율을 바라보며 퀸이 물었다.

"아직 수강 신청 안 했지?"

"수강 신청?"

"응, 개강 첫날은 수강 신청서 작성해서 내야 하거든. 넌 편입생이니까 모를 것 같아서. 수업 함께 들으려면 같이 하는 게 좋잖아."

"아, 그건 그렇겠다."

친한 친구들 중 둘만 행정학부 소속이었다. 룸메이트이기도 한 퀸과 학부 수업을 같이 들으면 여러모로 편하긴 할 것이다.

"퀸! 넌 사태를 저 지경으로 만들어 놓고 수강 신청이란 속 편한 말이 나오냐?"

뒤따라오던 에이단은 진심으로 어이없다는 듯 퀸을 쳐다봤다. 로건은 아무 말 안 했지만, 자꾸만 돌아보는 것이 상태가 영 이상했다. 마치 누가 뒤에서 공격이라도 할까 봐 방어하는 듯한 움직임이었기 때문이다. 슈빅은 어디로 갔는지 보이지도 않았다.

"내가 뭘 잘못했나?"

"그걸 지금 몰라서 묻냐? 어쩜 저렇게 아무것도 몰라요, 라고 얼굴에 쓰여 있는 거지?"

"알아듣게 설명해."

"헐! 얘가 진짜 모르는 모양이네."

에이단이 퀸에게 바투 다가섰다.

"너 지금 크게 실수한 거야. 마법학부와 신학부 학생들 전부에게서 원망을 듣게 생겼다고!"

"왜지? 난 한심한 싸움을 그저 말렸을 뿐인데?"

"그래, 네 눈엔 겁나게 한심해 보였겠지. 근데 그 한심한 싸움에 쟤들은 목숨을 걸었거든."

"그래서?"

"근데 그걸 네가 망쳤잖아! 오늘 이쪽이든, 저쪽이든 어느 한 곳에서 승자가 나왔어야 깔끔해지는 거였는데, 너 때문에 결과가 허망해졌다고. 그 분노가 어디로 쏠리겠냐?"

"…인간들이란 진짜 짜증 나는 족속들이군."

패싸움 덕에 길이 막혀 새 학기 첫날부터 아까운 시간을 지체한 건 오히려 퀸이었다. 가까스로 화를 참으며 더 큰 부상자가 나오기 전에 싸움까지 끝내 주었건만, 적반하장이 따로 없었다.

"앞으로 귀찮아지겠어."

이제 정말로 남은 아카데미 생활을 열심히 해 볼 생각이었는데, 마가 낀 게 틀림없었다.

"우리까지 덩달아 피곤해질 거야."

"에이단……."

바율이 그만하라며 눈짓했지만, 에이단은 그럴 마음이 없었다.

"멋대로 사고 친 녀석한테 이런 말도 못 하냐?"

"원래부터 그렇게 몸 사리는 성격이었나? 몰랐군. 누가 물어보면 별로 친한 사이 아니라고 할 테니까 걱정 마."

"우리가 몰려다니는 걸 이미 다 봤는데, 퀸 네 말을 누가 믿겠냐? 우린 다 같이 찍힌 거야! 좀 전에 물벼락 맞은 선배들 표정 너희는 못 봤지? 진짜 살벌했다니까. 보는 족족 시비 걸걸?"

"에이, 설마 그렇게까지 하려고……."

바율은 에이단이 과장하는 거라고 여겼다.

"바율 너는 덜할지 모르지. 란데르트 공작 전하의 아들이니까."

"그건 너도 비슷하지, 아마?"

이제 아카데미 안에는 에이단이 캐링스턴의 주인, 레오네트 백작가의 자제란 사실을 모르는 이가 없었다.

"라이도 이사장의 아들이고, 마법학부생이고 하니 어느 정도 커버가 되겠고."

"난 감당할 수 있으니 염려하지 않아도 돼."

퀸의 시선이 마지막으로 로건에게 향하자 그가 먼저 말했다. 사실 로건도 가문이며 실력이며 어디 빠지는 편이 아니기에 예외 대상일 수 있었다.

"문제는 나 하나겠군."

퀸은 가뜩이나 인간들이 낮잡아 보는 경향이 있는 인어족이었다. 물벼락을 뿌린 장본인이기도 하니 대놓고 괴롭히기 좋은 상대라 할 수 있겠다.

"자레드 자식이 가고 나서 좀 편해지는가 싶었는데, 내 팔자도 참 사납네."

냉소적인 퀸의 반응에 바율은 왠지 화가 나려고 했다. 두 학부의 분노가 퀸에게로 향하는 건 정말이지 말도 안 됐다.

"그래서 하는 말인데……."

에이단이 조심스럽게 본론을 꺼냈다.

"야시장에서 빌린 돈 말이야. 그거 이자 좀 깎아 줄래?"

"뭐?"

퀸은 자신의 귀를 의심했다. 작금의 상황에서 도저히 나올 수 없는 말이었기 때문이다. 그건 바율도, 로건도 다르지 않았다.

"내가 그러면 지켜 줄게."

"…네가 날 지킨다고?"

"어!"

"어떻게?"

"나 잘하는 거 있잖아."

"…동물과의 교감 능력 말이야?"

"아니, 그 능력을 이런 데다가 어떻게 쓰겠냐? 동물들에게 퀸을 지키라고 해?"

"그럼 어떻게 할 건데?"

"지랄을 해야지."

"…뭘 해?"

"자고로 괴롭힘을 당할 땐, 더 큰 지랄로 맞서야 해. 그래야 함부로 무시를 못 하거든."

"그러니까 네가 잘한다는 게 지랄이란 거냐?"

"내가 악마 1, 2에게 당하는 거 봤지? 거기서 15년을 버텨 온 사람이 나야. 내 능력 엄청나다, 너희?"

구해 달라고 편지를 쓰고, 몰래 탈출까지 했던 게 누구였더라.

바율은 차마 분위기를 깨고 싶지 않아서 가만히 입을 다물기로 했다.

"원래 거래라는 게 공짜로 오가면 안 되는 거야. 내 노력에 대한 결실도 좀 있어야겠지?"

"애초에 돈 빌려줄 때도 이자는 필요 없다고 했을 텐데."

"에이, 그건 또 상인의 아들로서 용납이 안 되지! 조만간 돈 생기면 한 방에 싹 갚을 거니까, 이자 계산이나 똑바로 해 줘. 이자율을 낮춰 주면 더 좋고."

"너…… 진심이구나?"

"그럼 이제까지 장난인 줄 알았냐?"

에이단이 정색하며 눈을 부라렸다.

"그나마 너랑 친하니까 이러는 거다! 다른 녀석이었으면 얄짤없다고!"

"너무 기가 차서 뭐라 할 말이 생각이 안 난다."

"조금만 지나 봐라. 아카데미 내로 비욘인지 뭔지 네 호위대 데리고 오고 싶어질 테니까."

"…그 정도야, 에이단?"

바율의 걱정 섞인 물음에 에이단이 나름 진지하게 대꾸했다.

"자레드 때랑은 또 달라. 신학부와 마법학부의 얽히고설킨 지난하고도 유치한 그 역사를 안다면, 퀸 너는 오늘 절대 끼어들지 않았을걸? 그리고 이건 미리 알려 주는 건데, 담당 학부 교수님들도 조심하는 게 좋을 거다."

에이단의 말대로라면 이건 뭐 두 학부에 속한 모두가 대놓고 퀸을 괴롭힐 거라는 뜻이었다. 이렇듯 가만히 넋 놓고 있을 때가 아니었다.

"퀸, 가자. 당장 가야겠어!"

"가다니, 어딜?"

"아무래도 쉽게 해결될 문제가 아닌 것 같아."

"그렇다니까."

"근데 난 쉽게 해결해 줄 분을 알고 있거든."

그게 누군데?

친구들의 의아한 눈빛에 바율은 망설임 없이 입을 뗐다.

"이사장님."

"뭐?"

"누구?"

여기 일라이가 없다는 게 천만다행이었다.

"그분을 만나자고? 라이도 없이?"

"없는 게 다행이지."

동의한다는 듯 퀸이 고개를 끄덕였다.

"학부끼리의 문제야. 그간 해결하지 못한 걸 보면 총장님도 방관하신다는 뜻이겠지. 그럼 누구겠어? 이건 이사장님만이 정리하실 수 있지 않을까? 자레드도 한방에 퇴학시켜 버리셨잖아."

"맞아, 그랬었지. 나는 찬성."

로건이 편을 들어 주자 바율은 자신감이 생겼다.

"이사장실에 보고가 잘못 들어가기 전에 우리가 먼저 선수 치자."

"뭐라고 할 건데?"

"사실대로 말해야지. 그리고……."

"……?"

"이사장님의 부성애에 기대어 보려고."

"얘 뭐라는 거니? 누구에게 뭘 기대?"

에이단이 못 들을 걸 들었다는 양 인상을 있는 대로 찡그렸다.

그 동안 라예가르는 유독 친구들 앞에서 일라이를 괴롭히고 약 올렸다. 그 탓에 일라이의 감정과는 별개로 더욱 그를 싫어하게 되었다.

하지만 어째선지 바울은 그것이 라예가르의 진심이 아닌 것 같다는 생각이 자꾸만 들었다. 간간이 일라이를 향했던 그의 따뜻한 눈빛이 떠오를 때마다, 그에게 혹 그럴 수밖에 없는 다른 이유가 있는 것은 아닐까 하는 이상한 상상이 들고는 했다.

"일단 밑져야 본전이잖아. 퀸을 위해서라도 뭐든 해 봐야지."

"그래, 가 보자."

결국 에이단까지 마음을 정했다. 일라이가 없다는 게 걸리지만, 나중에 찾아간 것을 걸리더라도 이유를 설명하면 이해해 줄 거라 믿기로 했다.

"꼭 이렇게까지 해야 하는 건가?"

"우리가 누구 때문에 이러는 건데, 그게 퀸 네가 할 소리냐? 정 싫으면 지금이라도 발 돌릴까? 내가 너 당할 때 아주 티 나게 모른 척해 줄 수 있는데!"

"…이걸로 사태가 진정되면 배 한번 태워 주지."

"배는 우리 집에도 쌔고 쌨거든?"

"그게 인어국의 배는 아니지 않나?"

"…인어국의 배?"

"시간 있으면 잠시 들러도 좋고."

"어디를? 너희 인어국을?"

"그럼 옆 나라라도 갈래?"

"아니! 아니! 가 봐야지! 일생일대의 기회를 거부할 수는 없지!"

에이단은 호기롭게 방향을 틀었다.

"이사장실이 이쪽이던가?"

"라이에게는 비밀로 하기다."

일라이가 사실을 알았을 때 얼마나 난리를 피울지는 다들 예상 가능했다. 모르는 게 약일 때도 있는 법이다.

하지만 이사장실의 문을 연 순간 바율과 친구들은 가슴이 덜컹했다. 아닌 게 아니라 일라이가 이사장실에 먼저 와 있던 것이다.

"너희가 여긴 웬일이야?"

그렇게 묻던 녀석이 돌연 사납게 눈을 빛내며 자신의 양부를 바라봤다.

"설마 얘들 또 불렀어? 그래?"

"아니, 나 안 불렀는데?"

라예가르가 절대 아니라며 손사래를 쳤지만 그걸 쉬이 믿을 일라이가 아니었다.

"뻥 치지 마. 이번엔 왜 또 불렀는데? 방학 중에 어디 갔는지 궁금해서 불렀어?"

"내가 알면 안 되는 데 다녀온 모양이네? 어디야, 거기가?"

"뭐야?"

어째 이 부자는 대화 양식이 변하지를 않는다. 피가 섞이지 않은 사이라고는 하나 이럴 때 보면 서로를 꼭 닮았다.

"라이, 이사장님 말씀이 맞아. 우리가 찾아온 거야."

"…너희가? 진짜?"

"응, 내 의견이었어."

"무슨 일인데?"

바율이 그랬다면 그냥 그런 건 아닐 것이다. 일라이는 잠시 흥분을 가라앉혔다.

"잠깐 앉아도 되겠습니까?"

"그러던가."

바율의 정중한 청에 이사장이 자리를 내어 줬다. 바율을 선두로 친구들이 소파에 나란히 앉았다.

"용무를 먼저 말씀드리기 전에 퀸에게는 아무 잘못이 없음을 알아주셨으면 합니다."

"…응?"

"퀸은 단지 마법학부와 신학부 간에 싸움이 너무 커지는 바람에 달리 중재할 방법이 없어 어쩔 수 없이 나섰을 뿐, 다른 이유는 없습니다."

"패싸움 도중에 물벼락 뿌린 일 말이지?"

"…알고 계시네요?"

바율이 의외라는 듯 눈을 동그랗게 뜨자, 일라이가 말했다.

"여기 내가 왜 왔을 것 같냐?"

"아, 그러고 보니까 그러네……."

녀석이 워낙 라예가르라면 질색하는 통에 미처 거기까진 생각을 하지 못했다. 격전의 한가운데에 있던 일라이가 지금 이곳에 있다는 건 그에 관해 말할 것이 있어서일 것이다. 바율은 순간 자신이 너무 바보 같았다.

"두 학부 간의 패싸움은 전례가 없던 일이야. 아무리 사이가 안 좋았어도 이렇게까지 막갔던 적은 없거든. 여기엔 우리가 자세히 알지 못하는 어른들의 문제도 개입되어 있어."

"우리도 대충은 알아."

"아니. 너희는 그저 약간, 아주 약간만 아는 거야."

일라이는 진지했다.

"오늘 퀸 아니었으면 누구 하나 죽었거나, 반병신이 되었을지도 모른다고. 다들 미친 듯이 싸워 댔거든."

그렇게 말하는 일라이의 얼굴은 너무나 멀쩡했다. 그나마 녀석에게 피해가 없으니 다행이라고 해야 할지는 모르겠다만.

"아무튼, 그래서 나도 부탁하러 온 거야."

부탁이라고? 설마 네가 양부에게 직접?

"썩은 나무에서는 좋은 열매가 맺지 않는다고 누가 그랬거든. 그러니 뿌리째 뽑아내야지."

더는 나의 유희를 방해하지 않도록 말이야.

"그게 얼마나 위험한 발언인지 알고는 하는 거냐?"

"너희보다는 아마도?"

"하긴, 넌 마법학부생이니까."

직접적으로 들은 이야깃거리가 더 있을 것이다.

"빌어먹게도 그걸 정리해 줄 수 있는 게 눈앞의 이자밖에 없더라고…… 해 줄 거지?"

"그게 아비에게 요구하는 태도냐?"

"누구한테 이렇게 배워서 말이지."

아들의 대답에 라예가르가 피식 웃었다. 언제 어디서든 당당히 요구하라 가르친 이가 바로 그 자신이었기 때문이다.

기이한 건 방학 전엔 눈만 마주쳐도 그렇게 으르렁거리더니, 지금은 너무나 점잖게 자신을 상대하고 있다는 것이었다. 어디서 몰래 도라도 닦다가 온 것 같다고 해야 할까.

"이래서 내가 그냥 바람의 신사로 남으려고 했었다니까."

귀찮은 내색을 제대로 내보이며 라예가르가 덧붙였다.

"어쨌든 나가들 봐라. 이 일은 내가 알아서 처리하지."

"난 아직 조건도 말 안 했는데?"

"저택에 들어와서 살겠다는 거 아니야?"

"…암튼 눈치는 빠르지."

"그럼 거래는 성립되었다. 이 내가 사건을 얼마나 멋지게 처리하는지 지켜보고나 있으라고. 아카데미의 귀한 학생들이 더 이상 피해를 입으면 안 되지."

이사장님이 이렇게 듬직했던 적이 있었던가?

매번 일라이를 괴롭히시는 모습만 보았더니 적응이 쉽지 않았다. 금번 사태를 어떤 식으로 해결하실지 기대가 되기까지 했다.

"조만간 아카데미에 칼바람 부는 건가?"

이사장실을 나서며 에이단이 속닥거렸다.

"피바람이 될 수도."

"대대적인 숙청 작업이 시작될 전망이구나."

"수강 신청할 때 참고해야겠군."

퀸의 한마디에 정신이 번쩍했다.

"당연히 로티어스 교수님은 무사하시겠지?"

"황제의 동생인데 설마 자르시겠어?"

어떤 실수를 하셨더라도 잡아야 할 분이었다. 그 외에도 존경하는 교수님들이 여럿 계셨다. 그분들 전부가 무사하길 바라며 바율과 친구들은 비로소 마음의 안정을 찾았다.

시끌시끌한 개강 첫날이 나름 평화롭게 마무리가 되어 가고 있었다.

Chapter 7.

손금을 보는 아이

1.

어제의 난리 속에서도 바율과 친구들은 머리를 맞대고 무사히 수강 신청을 마쳤다. 싸움을 벌인 건 마법학부와 신학부였지만, 약초학이나 응급 치료, 신들의 역사와 같은 과목은 타 학부생도 교양으로 꼭 들어야 하기에 신중을 기할 수밖에 없었다.

라예가르는 하루 만에 정의 구현자란 타이틀에 어울리는 결론을 내놓았다. 덕분에 등교하자마자 본관 게시판에 걸린 공고문을 확인한 학생들은 아침부터 온통 그 얘기뿐이었다. 자연히 퀸에게는 아무도 관심을 갖지 않았다.

가뜩이나 잘생긴 외모 탓에 어딜 가든 시선을 끄는 일라이는 그로 인해 더욱 주목의 대상이 되었지만, 전처럼 크게 스트레스를 받지는 않는 듯했다. 방학 동안 어느 정도 마음의 준비를 하고 온 것 같았다.

"교수가 넷이나 잘렸어. 두 학부가 나란히 둘씩 말이지. 이건 솔직히 내 예상을 뛰어넘는 수치야. 한둘이면 모를까. 다시 임용을 해야 할 텐데, 어디서 네 분이나 모셔 오지?"

"감봉은 또 어떻고? 신학부와 마법학부 교수진 전체가 석 달 감봉이라잖아. 불응 시에는 바로 해임이라던데?"

"암튼 라이, 이사장님 일 처리 하나는 끝내주게 하시는 것 같다. 공고문이 아예 협박 수준이더라."

에이단의 말은 과장이 아니었다. 라예가르는 사건 해결 과정에서 그 어떤 해명과 변명도 듣지 않았다. 어제의 패싸움은 마법학부와 신학부의 쓸데없는 반목이 키워 낸 결과이므로 모든 책임은 학생이 아닌 지도자가 감수해야 한다는 것이 핵심이었다.

다만 폭력에 직접적으로 가담한 학생들은 각기 치료가 끝나는 대로 열흘간의 봉사 활동 명령이 내려졌다. 자숙은 해야겠지만, 그 외 다른 처벌은 없었기에 평소대로 아카데미 생활을 누릴 수 있었다. 폭력을 사용한 것치고 매우 이례적인 경우라 할 수 있었다.

"특기가 협박이라고 했잖아. 제일 잘하는 거라니까."

"어디 항의를 해 볼 테면 해 봐라, 하는 것 같긴 하더군."

"공고문에다가 앞으로 계속 출근할 거라는 소리를 쓰는 인간이 대체 어디 있냐? 읽으면서 내가 어찌나 어이가 없던지."

"그래도 그 말 때문에라도 한동안은 잠잠하지 않을까? 이사장님이 떠나기만을 기다리면서 말이야."

"맞아, 사후 처리까지 완벽하게 하시겠다는 의지를 보여 주신 것 같아 난 멋있다고 생각했어. 학생들을 봐주신 것도 그렇고."

"애들이 무슨 죄야? 전부 위에서 받은 세뇌 교육 탓이지."

신학부와 마법학부의 반목은 대대로 내려오는 전통 같은 거였다. 그 시작과 원흉이 무엇인지 제대로 알지도 못한 채 막연히 서로를 싫어한 것이다.

라예가르의 결단은 이번 기회에 그 모든 것을 바로잡겠다는 의지를 보여 준 셈이었다.

"새로운 교수님들은 어떤 분들이 오실까? 금방 오시긴 하려나?"

"이사장님께서 알아서 하시겠지. 조금 기대는 된다."

"너희는 기대가 될지 모르겠지만, 난 걱정이다."

일라이가 앞서 턱턱 걸어가며 한숨을 내쉬었다.

"어디서 이상한 놈들을 데려오는 건 아닐지……."

"이상한 놈이라니?"

"그 인간 주변엔 다 그런 자들뿐이라서."

"아."

단박에 이해가 되는 설명이었다.

"그래도 이사장님이 마법사이시니 그쪽으로는 인맥이 있으실 것 같아서 다행인데, 신학부 쪽은 어쩌냐? 당장 절망의 신전 사제들을 어디서 모셔 오지?"

"그걸 우리가 뭐 하러 고민하냐? 마신 따위를 섬기는 사제를 내가 알 게 뭐야!"

"라이, 우린 그 마신과 친화력이 엄청난 친구와 함께 있다는 걸 명심해라."

벌컥 화를 내는 일라이에게 에이단이 경고했지만, 녀석은 그저 고개를 팩 꺾을 뿐이었다. 안 본 사이에 어째 마족에 대한 반감이 더 는 것 같아 바율은 더더욱 데스의 정체에 대해 입을 열 수가 없었다.

"그나저나 이렇게 다 같이 수업받으러 가니까 기분이 좀 이상하긴 하다."

"응, 그것도 2학기 첫 수업을 말이야."

"모여서 수업 일정표를 짠 덕이지."

로건까지 포함해서 다섯 친구들 전체가 수업을 함께 듣는 것은 처음이었다. 과목은 로티어스 교수의 역사 수업이었다.

"1교시 수업인데, 무사히 나오실지 걱정이네."

로티어스 교수의 최대 약점은 아침잠이 많다는 것이었다. 그래서 1교시 수업을 가끔 빼먹는 경향이 있었다.

방학 동안 보지 못해선지 그의 트레이드 마크인 까치집 머리와 수염이 그리울 정도였다.

"강의실 다 왔다. 뭐, 늦잠을 주무실지 아닐지는 잠시 후면 알 수 있겠지. 들어가기나 하자고."

에이단이 강의실의 문을 씩씩하게 열어젖히며 안으로 들어갔다.

"…응?"

그런 녀석의 발걸음이 몇 발자국 가지도 못한 채 멈췄다.

"여기 왜 이렇게 시끄러워? 뭔 일 또 났나?"

"왜, 무슨 일인데?"

에이단이 보라는 듯 문에서 비켜섰다.

"저기서 다들 뭐 하는 거야? 뭘 구경하는 거지?"

"내 말이. 누가 비싼 물건이라도 가져왔나?"

강의실이 조용하길 바란 건 아니지만, 이상한 풍경이긴 했다. 아이들 전체가 강의실 한복판에 모여 있었기 때문이다. 뭘 보는 건지 의자며 책상 위에 올라선 녀석들도 있었다.

"어이! 왔냐?"

일행을 발견하고 슈빅이 책상에서 훌쩍 뛰어내렸다.

"너도 이 수업 듣냐?"

"응, 대충 짰는데 첫날부터 대박이네! 엄청 신기한 녀석이 있어!"

"신기한 녀석?"

슈빅이 이토록 들썩거린다는 건 대단히 재밌는 걸 발견했다는 표시였다.

"손금을 보는 아이야."

"뭘 본다고?"

"여기 이런 손금으로 점을 친다니까? 완전 신기하지 않냐?"

슈빅이 손바닥을 쫙 펼치며 크게 말했다.

"이게 생명선이고, 이건 운명선, 이건 재물, 이건 애정…… 아니 두뇌였나? 아무튼, 이 손금들이 전부 뜻이 있는 거래. 나는 엄청나게 오래 살 거라고 하더라. 이거 긴 거보이냐?"

녀석이 매우 뿌듯하다는 듯 가슴을 내밀며 어깨를 으쓱였다.

"난 또 뭐라고. 별것도 아닌 걸로 시끄럽기는."

"야, 라이! 별 게 아니라니! 록하 쟤 장난 아니야. 다 맞히더라니까?"

"…록하?"

어쩐지 이름이 낯설지 않다.

"그 이름, 어디서 들어본 것 같은데?"

"나도."

"가국에서 온 애야. 거기서 되게 지체 높은 가문의 아들이래. 전에 너희가 얘기했던 휘월 공주와도 만난 적 있다더라."

"아, 생각났어!"

안 그래도 특이한 이름이라 여겼는데, 가국이라고 하니 바율은 떠오르는 장면이 하나 있었다.

"전에 왜 라이의 사물함에서 편지가 쏟아졌던 적 있잖아. 그때 우연히 이름을 보고 우리가 남자일까 여자일까 했었던 거, 기억하지?"

"맞다, 그랬다! 라이한테 좋아한다고 고백했던 편지. 헐, 근데 남자였어?"

"야야, 넘겨짚지 마. 그거 고백 편지 아니었거든!"

"아니면 뭐였는데?"

"그냥 친구 하자는 거였어. 내가 인간적으로 좀 멋있다"

나 뭐라나. 시간이 없어서 답장도 못 했는데, 오늘 만났네. 이참에 인사나 해야겠다."

손금에는 관심 없는 일라이였지만, 매너남의 이미지는 지키고 싶었다. 편지까지 받았으니 얼굴이라도 알고 지내는 게 예의였다.

"얘들아, 비켜 봐! 라이가 록하에게 인사한단다!"

시키지도 않았는데 슈빅이 손수 나서 교통정리를 했다. 몰려 있던 아이들이 그제야 일라이를 발견하고 자리를 내어 줬다. 짐작하건대 이사장의 아들이라서 쉽게 양보하는 것 같기도 했다.

아이들이 우르르 물러나자 록하라는 아이가 보였다. 앉은 자세였기에 키가 얼마나 되는지는 모르겠지만, 휘월 공주처럼 황색의 피부에 머리며 눈동자가 전부 검은색이었다.

머리칼은 그리 길지도 짧지도 않았는데, 특이하게도 귀 주변과 목 뒤의 부분이 삭발이라도 한 듯 하였다. 왼쪽 귀에만 금으로 된 작은 링 귀걸이 세 개를 차고 있었다. 처진 눈매 탓인지 전체적으로 순한 인상이었다.

"안녕, 록하? 나 알지? 전에 친하게 지내고 싶다고 편지 보냈던데."

일라이는 거침이 없었다. 녀석이 더없이 환하게 웃으며 록하에게 손을 뻗었다.

"잠시만."

록하는 다른 아이의 손금을 봐 주던 중이었다. 일라이를 향해 싱긋 웃어주긴 했지만, 녀석은 이내 하던 일에 집중했다.

"……."

그 덕에 자신 있게 다가갔던 일라이는 뻘쭘해졌고, 뒤에서 그 모습을 고스란히 보고 있던 친구들은 웃음이 터졌다.

"큭큭, 쟤 지금 까인 거냐?"

"그건 모르겠지만, 이전만큼 관심이 있진 않은 것 같군."

"…손금을 보느라 그런 것 같아. 끝나면 제대로 인사하겠지."

그렇게 말하면서도 내심 신경이 쓰인 듯 바율이 위로하듯 일라이의 등을 살짝 두드렸다.

"됐다. 더 궁금한 거 있어?"

그 사이에 록하가 손금 보기를 마쳤다.

"아니, 없어. 고마워, 록하."

"고맙기는 무슨. 언제든 궁금한 거 생기면 또 보러 와도 돼."

"진짜?"

"그럼. 나도 손금 보는 거 재밌어, 공부도 되고."

강의실에 있던 아이들이 다 같이 약속이라도 한 듯 '아싸' 하며 환호를 질렀다. 슈빅의 말처럼 꽤 신통했던 모양이었다.

"그러면 다음은 라이, 네 차례인가?"

"…뭐?"

록하의 갑작스러운 말에 일라이는 어리둥절했다.

"손금 봐 달라고 손 내민 것 아니었어?"

"아, 그렇게 오해를 했구나? 난 그냥 처음 봐서 악수하자는 거였는데. 손금 같은 거 안 믿거든. 널 무시하는 건 아니니 기분 상해하지는 않았으면 좋겠다. 그냥 내가 그렇다는 거야."

분위기가 싸해질 수 있는 말인데도 일라이가 웃으며 말해서인지, 어색한 상황은 오지 않았다. 풍기는 인상처럼 록하의 성격이 유순해서 더 그런 것 같기도 했다.

"물론이야. 이해해. 원래 손금이나 관상 같은 건 재미로들 많이 보니까. 마음 바뀌면 언제든 얘기해."

"대신 다른 사람은 안 되나?"

에이단이 불쑥 얼굴을 드밀며 록하에게 말을 붙였다.

"난 에이단이라고 해. 만나서 무척이나 반갑다, 록하."

"이름을 말하지 않아도 누군지는 알아. 그리고 나도 반가워, 에이단."

"내가 좀 궁금해서 말이야. 라이 말고 바율 손금 좀 봐 주면 안 될까?"

"…뭐? 나를?"

뜬금없이 자신의 이름이 거론되자 바율은 물론 함께 있던 친구들 전부가 깜짝 놀랐다. 본인이 궁금해서 보는 거면 모를까, 난데없이 왜 바율인지 어이가 없다.

"안 될 건 없지. 봐 줄게."

록하가 당연히 봐 주겠다며 바율에게 자신의 앞자리를 가리켰다. 와서 앉으라는 뜻이었다. 당황한 바율이 머뭇거리자 에이단이 귀에 대고 속삭였다.

"정령계를 부활시켜야 할 임무가 네게 있다며. 할 일이 태산인데 궁금하지 않아? 정령석도 찾고, 정령들 승급시키는 일도 해야 하는데 이것저것 알아 두면 좋잖아."

'그런 걸 손금으로 어떻게 알 수 있는 건데?'

바율은 그리 묻고 싶었지만, 지금은 보는 눈과 듣는 귀가 많았다. 해서 거의 등 떠밀리다시피 록하가 가리킨 자리에 앉을 수밖에 없었다.

그러자 친구들이 자연스레 주변을 에워쌌다. 바율의 손금이 어떻게 나올지 다들 궁금한 모양이었다.

"손."

록하가 어색하게 앉아 있는 바율에게 미소를 지으며 말

했다. 바율은 얼결에 손을 내밀었고, 록하의 검은 눈동자가 바로 바율의 손바닥으로 향했다.

"……!"

"왜 그래?"

"얘 방금 놀란 거 맞지?"

친구 하자며 먼저 편지까지 써서 보냈던 일라이를 마주하고서도 침착했던 녀석이었다.

한데 어째서 바율의 손금을 보고 흠칫하는 것일까.

"…뭐가 안 좋은 거냐?"

록하의 눈빛이 크게 흔들렸다. 괜한 불길함이 바율을 사로잡았다.

"왜 놀란 건데? 말을 해 봐!"

녀석의 표정으로 보건대 절대 좋은 의미는 아니었다. 그래서인지 믿지 않는다고 할 때는 언제고 일라이가 채근했다.

"…그게 말이야……."

록하가 말하기를 주저했다. 녀석은 어쩐지 난처해하는 것 같았다.

"이상하네. 좀 전까지만 해도 뭐든 척척 잘만 얘기해 주더니, 뭔 일이래?"

슈빅이 턱에 손을 대고 고개를 갸웃거렸다.

"혹시 두뇌선에 문제 있냐? 이번 시험 쫄딱 망하는 거야?"

"야! 슈빅!"

"넌 좀 조용히 있지?"

에이단과 퀸이 슈빅을 휙 돌아보았다. 한쪽은 무섭지 않았지만 다른 한쪽은 아니었다. 녀석이 퀸의 살벌한 눈빛을 피해 스리슬쩍 몸을 꺾었다.

하나 그 앞엔 더한 존재가 있었으니, 로건이었다. 그가 계속 허튼소리 하면 가만히 두지 않겠다는 듯 말없이 시선으로 경고했다.

"아니, 난 그냥 록하 반응이 좀 특이해서……."

슈빅이 급히 눈을 내리깔며 변명했지만, 아무도 녀석의 말에는 관심 없었다. 다시금 록하에게로 집중되었다.

"가감 없이 말해 주면 좋겠는데."

"지금 덕분에 상당히 불안해져서 말이야."

새 학기의 시작을 이렇게 찝찝한 채로 하고 싶지 않았다. 친구들의 닦달에 하는 수 없이 록하가 입을 열었다.

"그래, 너희가 정……."

"여어! 제군들! 오랜만이야!"

그러나 록하의 말은 끝까지 이어지지 못했다. 믿을 수 없게도 아직 수업 종도 울리지 않았는데, 로티어스 교수가 강의실에 나타난 것이다.

무려 1교시 수업을, 그것도 머리며 수염, 복장까지 완벽하게 갖춰 입고 그가 등장했다.

"교수님, 오늘 무슨 일 있으세요?"

"일?"

"네, 갑자기 심경의 변화라도 생기신 겁니까?"

"그렇게 말끔하게 차려입고 어디 가시려고요? 설마 맞선 보세요?"

어느 학생의 장난기 섞인 말에 아이들이 단체로 웃음을 터뜨렸다. 그러자 로티어스 교수가 교탁을 내리치며 나름 엄한 목소리를 냈다.

"어허! 제자들이 보고파서 한달음에 달려온 스승에게 그게 할 소리냐! 맞선이라니! 내가 방학 동안 홀로 얼마나 외로웠는데! 이게 다 너희들에게 잘 보이려고 차려입은 거란다!"

"에이, 거짓말 마세요! 안 믿어요!"

"저희가 교수님을 모릅니까? 1교시 수업에 나오신 것도 신기하거든요!"

"학기 첫 수업부터 감히 하극상을 일으키는 것이냐? 너희야말로 무슨 일이길래 잔뜩 몰려 있었던 건데?"

로티어스 교수가 날 선 눈초리로 뒤늦게 자리에 앉고 있는 아이들을 훑었다. 그러던 그의 입가가 슈빅을 발견하고 호선을 그렸다.

"그래, 슈빅. 네가 한번 말해 보아라."

녀석의 입이 그리 무겁지 않다는 건 로티어스 교수 역시 아는 사실이었다. 아니나 다를까. 한 치의 망설임도 없이 슈빅이 술술 불었다.

"록하가 새 학기 운세를 손금으로 봐 줬습니다."

"손금?"

"네! 사람마다 각자 손금이 다르게 생겼고, 그 손금으로 운명을 점칠 수 있다고 하던데, 교수님은 알고 계셨습니까?"

"으음, 그걸 바로 수상학이라고 하는 거다. 수상학을 업으로 삼는 자들도 더러 있다고 하더구나. 근데 그걸 록하가 할 수 있는 줄은 몰랐는데."

놀랍다는 듯 잠시 록하를 바라보던 로티어스 교수가 돌연 녀석에게로 다가가 손을 내밀었다.

"혹시 나도 봐 줄 수 있으려나?"

뎅— 뎅— 뎅—

록하는 물론이고 학생들 전부가 어이없어하는 순간, 때마침 1교시 수업을 알리는 종소리가 교내에 울려 퍼졌다.

"내가 과연 이 아카데미에서 살아남을 수 있을지가 의문이거든. 만약 잘릴 운명이라면, 그게 언제쯤일지도 알 수 있니?"

"…예?"

"지금 교수진 분위기 장난 아니거든. 알지? 오늘 넷이나 잘린 거."

"아, 네……."

"내가 사실 그간 수업 땡땡이도 좀 치고 그랬잖아. 그래서 총장님 눈 밖에 난 지 꽤 됐거든."

"교수님, 설마…… 그래서 그렇게 차려입고 나오신 거였어요? 총장님한테 잘 보이려고?"

"누구니? 이런 시국에 그런 날카로운 질문을 던지는 게!"

힐긋 눈을 치뜨는 로티어스 교수의 얼굴은 딱 걸렸다는 듯한 표정이었다.

"와! 그래 놓고 저희에게 잘 보이려고 그런 거라고 거짓말을 하시다니! 교수님이 학생에게 이렇게 사기 쳐도 되는 겁니까?"

"사기 아니다! 이 속에는 그런 마음도 분명하게 있었다고."

로티어스 교수가 본인의 가슴을 두드리며 항변하자 아이들이 야유를 퍼부었다.

"쉿, 조용! 나 지금 무지하게 진지하거든. 이 교수님의 밥줄이 끊기느냐 마느냐의 기로에 서 있단다, 애들아."

"종 쳤는데 수업 안 하세요?"

"해야지. 너희는 잠시만 기다리면 된다. 록하?"

로티어스 교수가 내민 손을 흔들며 재촉했다. 수업 시간에 제자에게 손금을 봐 달라고 독촉하는 스승이라니. 바율은 이걸 웃어야 할지 울어야 할지 갈피를 잡을 수가 없었다. 한편으로는 너무 로티어스 교수다워서 반갑기도 했다.

"그럼 수업도 해야 하니 짧게 말씀드리겠습니다."

그냥 지나가지 못할 거라 여긴 듯 록하가 머뭇대지 않고 말했다.

"우선 교수님께서 걱정하신 일은 일어나지 않을 겁니다. 여기 운명선 보이시죠? 곧게 쭉 뻗어 있다는 건 안정된 직장과 일복이 있음을 뜻합니다."

"오, 그래?"

"네, 앞으로도 원하시는 대로 하고 싶은 일을 하실 수 있을 테니 그 점은 걱정하지 않으셔도 될 것 같습니다."

"수상학에 대해 얘기만 들어 봤지, 이렇게 직접 체험하는 건 처음인데 신기하구나. 넌 이걸 어디서 배운 거니?"

이제야 안심이라도 된 걸까. 로티어스 교수의 목소리가 한결 편안해졌다.

처음 요구에 당황했던 것치고 록하는 부드러운 말씨로 차근차근 잘 설명했다. 그 인상적인 모습에 바율은 왠지 모를 신뢰감이 생겼다.

그래서일까. 자신의 손금을 보고 유난히 눈빛이 흔들렸던 록하의 얼굴이 머릿속에서 떠나질 않았다.

'대체 내 손금이 어떻기에…….'

"조부님께 배웠습니다. 제 조국 가국에선 수상학과 관상학, 풍수학에 대한 관심이 높은 편입니다."

"나도 안다. 공부할 양이 방대하고 꽤 어렵다고 들었는데, 용케도 잘 배운 모양이구나. 앞으로도 종종 잘 부탁한다?"

…또 말입니까?

그럼 한 번으로 끝날 줄 알았니?

당혹스러운 표정의 록하와 달리 대부분의 학생들은 '그럼 그렇지' 하며 고개를 저었다.

"자, 그럼 이만 수업을 시작해 볼까?"

로티어스 교수가 빙그레 웃고는 교탁으로 가 책을 펼쳤다. 2학기 첫 수업인데 그냥 넘어가면 안 되냐고 아이들이 투덜거렸지만, 그에겐 어림없었다. 시험의 난도가 꽤 높을 거라는 말로 가볍게 응수하고는 바로 진도를 나갔다.

수업 시간이 어떻게 흘러갔는지도 모르겠다. 바율은 바율대로, 친구들은 친구들대로 초조한 시간을 보냈다.

뎅뎅뎅!

그리고 마침내 수업의 끝을 알리는 종소리가 울리자 에이단과 일라이가 후닥닥 일어나 록하의 양팔을 붙들고 이동했다. 눈치 빠른 슈빅이 따라오려고 했지만, 로건의 황금색 눈동자가 제지했다.

2.

"여기면 되겠네."

일행은 나름 한적한 곳에 도착하고 나서야 록하를 놔주었다.

"일단 미안해. 시간 때문에 동의도 없이 데려와서."

"괜찮아. 이해해."

마음이 급한 나머지 납치하듯 끌고 왔다. 충분히 화를 낼수도 있는 상황인데, 록하가 괜찮다며 외려 바율과 친구들을 배려했다.

"그럼 이제 말해 줄래?"

"…솔직하게 말이지?"

"어."

긴장된 순간이었다. 이게 뭐라고 이렇게 떨리는지 바율은 자기도 모르게 주먹을 그러쥐었다.

"먼저 그 전에 방과 후에 다시 만나서 손금을 볼 수 있을까?"

"바율 손금을 다시 보겠다는 거야?"

"왜?"

"나도 이런 손금은 얘기로 듣기만 했지, 처음 보는 거라서. 지금은 길게 설명할 시간이 없잖아."

개강하자마자 2교시 수업을 빼먹을 순 없었다. 그들에겐 시간이 절대적으로 부족했다.

"응, 저녁 식사 후에 다시 보는 걸로 하자. 다들 괜찮지?"

당사자인 바율의 결정에 다들 찬성한다는 듯 고개를 끄덕이자 록하가 손을 달라며 팔을 뻗었다. 바율은 이번만큼은 망설이지 않고 서둘러 손을 건넸다.

"여기 이 선, 보이지?"

록하가 엄지와 검지의 중간에서 시작되는 선을 가리켰다.

"이건 생명선이라는 거야. 건강 상태나 수명을 나타내지."

"근데 이게 왜?"

"잘 봐 봐. 아니, 그 전에 내 손부터 보자."

록하가 갑자기 자신의 손바닥을 펼쳤다.

"이건 내 생명선, 그리고 이건 바율의 생명선. 뭐가 다른지 보여?"

"…비슷한데? 이게 길어야 오래 산다는 거지?"

슈빅 녀석이 으스대던 것을 기억하고 있던 에이단이 통명스럽게 말했다.

"맞아, 길고 두꺼울수록 장수할 운명이지. 잔선이 많으면 병치레가 잦을 수 있고, 끝이 갈라져 있으면 노년에 건강이 안 좋을 수도 있어."

"바율은 길고 두꺼운 편인 것 같은데?"

바율과 록하의 생명선은 크게 다를 바 없이 비슷했다.

"잠깐만."

그때 로건이 안색을 굳히며 바율의 손에 얼굴을 묻다시피 몸을 숙였다.

"여기."

그런 그가 어느 한 지점을 찍으며 록하에게 물었다.

"이건 무슨 뜻이지?"

"왜? 거기가 어쨌는데?"

"끊어졌어."

"…끊어져?"

"맞네. 그러네."

무언가 끊어졌다는 건 필시 좋은 징조가 아니었다. 바율은 자신도 미처 몰랐던 생명선의 끊어진 부위를 멍하니 들여다보았다.

이게 대체 무슨 뜻일까?

불길한 예감에 다들 쉬이 묻지 못했다. 에이단은 본인의 생명선을 살펴보기까지 했다.

"생명선이 끊겼다는 건 건강에 문제가 생긴다는 신호야."

"…문제라면 어떤 거?"

"보통 병에 걸린다거나 사고를 당하곤 하지. 선이 끊어진 위치와 모양에 따라 그 시기가 언제인지 가늠해 볼 수도 있고 다양한 각도로 해석이 가능해. 그 지점에 다른 선들이 겹치거나 이어져 있으면 위기를 무사히 극복할 수 있다는 뜻이기도 하고."

록하의 말이 끝나기가 무섭게 네 쌍의 눈동자가 바율의 손바닥으로 향했다.

"…하지만 바율은 깨끗해. 선명할 정도로 끊어진 지점에 아무것도 없어."

록하가 놀란 건 그래서였다.

"…그래도 다시 선이 그려져 있긴 하잖아! 약간 끊어진 것뿐인데?"

"약간이 아니야. 끊어진 폭이 내가 본 손금 중에서 가장 커. 그건…… 내가 알기로…… 죽음을 뜻해."

"뭐? 죽음?"

느닷없는 소리에 침묵하기도 잠시, 에이단이 버럭 소리를 지르며 록하의 멱살을 잡았다.

"이게 진짜 말이면 다인 줄 아나! 너야말로 죽고 싶냐? 바율이 죽긴 왜 죽어!"

눈이 돌아간 걸 보니 녀석의 다혈질 성질이 돌아온 게 분명했다.

"너 손금 본다는 거 다 뻥이지? 그냥 학기 초에 관심 좀 받아 보고 싶어서 그러는 거지? 내가 너 같은 녀석 한두 번 본 줄 알아?"

"미안하지만 아니야. 그리고 난 손금을 꽤 잘 보는 편이고."

"이 자식이 끝까지!"

급기야 에이단의 주먹이 올라갔다.

"오늘 너 나한테 죽었어! 어디 계속 그딴 헛소리 나불거려 봐!"

녀석의 주먹이 록하에게 닿으려는 순간이었다.

"에이단, 진정해!"

바율이 재빨리 에이단의 팔을 잡으며 녀석을 말렸다.

"록하 얘기를 더 들어 보자."

"뭐라고?"

"아직 할 말이 남은 얼굴이잖아. 그렇지, 록하?"

죽음이란 단어에 가장 놀란 건 아마도 당사자인 바율일 것이다. 자신이 죽는다는데 무감할 수 있는 사람은 없다. 하지만 바율은 그 어느 때보다 침착했다.

"바율, 너 이 새끼 말을 믿는 거야?"

"솔직히 믿고 싶지 않아. 근데 궁금해졌어."

바율이 록하를 똑바로 응시했다.

"이따가 다시 손금을 봐 주기로 한 거, 이유가 있는 거지?"

"이유? 무슨 이유?"

"그걸 지금 말하기엔 시간이 부족해."

록하의 대답과 동시에 2교시 수업을 알리는 종소리가 울렸다. 마음 같아선 녀석을 붙들고 더 말하라며 닦달하고 싶지만, 그들의 신분은 학생이었다.

"식사고 뭐고, 수업 끝나자마자 바율의 기숙사로 튀어 와라. 알겠냐?"

"에이단, 그만해. 난 스톤라이언이야. 퀸과 함께 방을 쓰고 있어."

"나도 스톤라이언이야. 방이 어딘지 알고 있으니, 거기로 찾아갈게."

록하도 이대로는 찜찜해서 싫었다. 그 역시 바율의 손금을 더 자세히 살펴보고 이야기를 나누고 싶었다.

'내 생각이 맞는다면 얼마 남지 않았어…….'

죽음이 바율을 찾아오는 시간.

그 시기가 그리 멀지 않았다. 하지만 이 말만은 도저히 할 수가 없었다.

'왜……? 바율에게 대체 무슨 일이 생기기에……!'

"꼭 와야 된다."

헤어지기 전 일라이가 강조했다. 퀸과 로건도 말은 없었지만, 록하를 향한 차가운 눈빛들이 약속을 어겼다간 가만히 있지 않을 거란 느낌을 강하게 풍겼다.

생명선이 끊어졌다.

이제 고작 1교시 수업이 끝났을 뿐인데, 바율은 종일 아무것에도 집중할 수 없었다. 그리고 그건 친구들이라고 다르지 않았다. 마지막 수업을 마칠 때까지 그들의 머릿속은 온통 바율의 손금에 대한 것뿐이었다.

3.

똑똑.

노크 소리가 울리자마자 문가를 서성이고 있던 에이단이 문을 벌컥 열었다. 밖에는 약속대로 록하가 와 있었다.

"안녕."

그가 어색하게 인사하며 안으로 들어오자 에이단이 문을 박살 낼 것처럼 쾅 하고 세게 닫았다.

"너 같으면 안녕하겠냐? 나 도서관 알바까지 팽개치고 온 거거든? 그러니까 말 잘해야 할 거다."

"에이단."

"왜! 뭐!"

바율이 그러지 말라며 눈짓했지만 에이단은 아직 화가 가라앉지 않은 상태였다. 녀석은 사람을 면전에 두고 죽는다, 어쩐다 소리를 함부로 내뱉는 록하 같은 자식을 용서할 수 없었다.

"자자, 그만 열들 내고 일단 앉자. 앉아서 차분히 들어 보자고."

퀸과 로건은 나란히 팔짱을 낀 채 벽에 기댄 자세로 록하를 보고 있었다. 일라이가 손수 의자를 빼 주며 록하에게 앉을 것을 권했다.

바율은 아침에 했던 대로 그의 맞은편에 자리를 잡고, 시키지도 않았는데 손부터 내밀었다. 티 내지 않고 있는 것일 뿐, 여기서 가장 초조한 건 바율이었다.

"그럼 좀 볼게."

록하가 바율의 손을 잡고 신중히 손금을 들여다봤다. 이

토록 자세히 살피는 것은 기실 지금이 처음이었다. 강의실
에선 놀라는 바람에 제대로 보지 못했고, 강의가 끝난 후에
는 생명선에 대한 얘기만 하느라 다른 여러 가능성을 관찰
하지 못했다.

그렇게 시간이 얼마나 지났을까.

제법 오랫동안 미간을 모은 채 손금만 들여다보던 록하
가 드디어 고개를 들었다. 그런 녀석의 얼굴은 꽤 혼란스러
웠다.

"표정이 왜 그렇지?"

"야, 너 또 헛소리할 거면 그냥 입 다물어라! 엉?"

에이단은 록하를 대하는 것이 이제 거의 깡패 수준이었
다. 다행인 건 록하가 그에 전혀 신경을 쓰지 않는다는 것
이었다.

"그냥 좀 이상해서 그래."

"그러니까 뭐가 이상한데? 그 말은 낮부터 네가 줄곧 했
거든?"

"일단 바율은 운명선이 좋아. 인생 전반에 걸쳐서 잘 풀
리는 운세를 타고 났어."

"잘 풀리는 운세?"

"응, 주변에 널 돕는 자들이 많은 것 같아. 그래서 아주
큰 명예를 얻을 수 있을 것 같기도 해."

"너 지금 장난 까냐? 아까는 죽을 거라면서?"

뜬금없이 좋은 말을 늘어놓는 록하가 의심스럽다는 듯 에이단이 쏘아붙였다.

"성공선도 손바닥 전체에 걸쳐서 쭉 뻗어 있는 게 타고난 것도 타고난 거지만, 개척해 나가면 더 크게 대성할 수 있다고 나와."

타고난 건 정령들과의 교감 능력이고, 개척해 나가는 건 녀석들을 발전시키는 일인가?

록하의 설명을 듣고 있으니 바율은 문득 그런 생각이 들었다.

"너 또 무슨 수작이야? 아까 분위기 보고 대충 좋은 말 좀 해 주면 우리가 넘어갈 거라고 생각한 거야? 설명의 앞 뒤가 너무 안 맞잖아!"

더 이상의 장난은 용납하지 않겠다는 듯, 에이단이 경고했다. 헛소리 그만하고 본론으로 들어가라는 뜻이었다.

"바율."

"응, 록하."

"혹시 최근에 아팠던 적 있어?"

"…아팠던 적?"

"네가 어려서부터 병을 앓았다는 말을 들었어. 그런데 내가 보기엔 병자 같은 느낌은 들지 않아서 물어보는 거야."

"아, 원래 좀 아프긴 했는데 그건 다 나았어. 근데 그건 왜 물어보는 건데?"

생명선이 끊어졌다고 하니 뒤늦게 건강 확인이라도 하려는 것인가?

"날 치료해 주는 바그너 사제님께서 그러셨어. 이젠 이전보다 훨씬 건강해질 거라고. 시간이 지날수록 나도 그렇게 느끼는 중이야."

"그렇다면 다행이긴 한데……."

'그럼 병이 아니라 사고를 당하게 되는 건가?'

"…다행이긴 하지만 여전히 난 죽을 운명이라는 말이지?"

"미안하지만…… 생명선에는 그렇게 나와. 아, 물론 내가 다 맞는 건 아니야. 원래도 완전무결하게 다 점칠 수는 없거든. 게다가 운명이란 건 정해져 있기도 하지만, 마음먹기에 따라 바꿀 수도 있는 거야."

"슬슬 발 빼기 시작하는 거냐?"

"에이단, 네가 화난 거 나도 이해하는데 내 말을 끝까지 들어 주었으면 해."

에이단의 계속되는 도발에도 록하는 넘어가지 않았다. 오늘 처음 만난 사이지만 침착하면서도 책임감이 느껴지는 게 절대 일부러 이상한 말이나 허튼소리를 뱉는 것 같지는 않았다.

"놀라지 말고 들어 줘. 바율의 생명선이 끊어진 지점은 나이가 들어서가 아니야."

"…그럼?"

"설마 얼마 남지 않았다…… 뭐 이딴 소리 할 건 아니지?"

"……."

"아 씨, 얘 또 왜 불길하게 대꾸가 없어!"

"에이단 말이 맞아?"

퀸이 어느새 팔짱을 풀고 다가왔다.

"바율이 위험해진다는 게 진짜 얼마 남지 않은 거냐고!"

챙그랑!

퀸이 화를 주체하지 못하고 버럭 고함을 지르자 테이블 위에 놓여 있던 컵 하나가 와장창 깨지며 바닥으로 물이 흘러내렸다.

"…시기상으로는 그래."

결국 록하가 인정했다.

"그래서 물어봤던 거야. 그리고 몸에 별다른 이상 증상이 없다면…… 사고일 가능성이 높아."

"그 말은 곧 내게 사고가 닥칠 거라는 말이야?"

"응, 하지만 내가 아까도 얘기했듯이 운명은 충분히 개척할 수 있어. 점괘라는 건 보통 미래를 알고 싶을 때 보는 거잖아. 좋지 않은 미래가 닥치면 슬기롭게 헤쳐 나가기 위해."

"그래서 결론이 뭔데? 결론만 말해."

"바율의 운명선과 성공선은 희귀할 정도로 좋은 편이거든. 크게 성공해서 이름을 떨칠 거라고 읽히는데, 생명선이 왜 그렇게 끊어졌는지를 도통 모르겠어."

"얘 입에서 드디어 모른다는 말이 나왔다. 이제야 수상학인지 뭔지가 사이비라는 걸 인정하는 거냐?"

"믿든 안 믿든 그건 너희의 자유야. 하지만 방금 그 말은 좀 모욕적이네."

가문 대대로 연구하고 익혀 온 학문이었다. 자신의 부족함을 비판할 순 있어도, 학문 자체를 폄하하는 것은 아무리 록하라도 참기 어려웠다.

"에이단, 너무 그렇게 몰아세우지 마. 록하는 그래도 날 돕기 위해 여기까지 온 친구야."

"친구? 조만간 네가 죽을 거라고 말하는 게 친구냐?"

에이단은 설사 록하 녀석이 진짜 엄청난 예언자라고 해도 그딴 말을 당사자 코앞에서 한다는 건 예의에 어긋나는 짓이라고 생각했다. 녀석 딴에는 지금 참는다고 참고 있는 것이었다.

"내 말 아직 안 끝났어. 죽음을 뜻한다고 했지, 바율이 죽는다고는 안 했어."

"그 말이 그 뜻이잖아."

조용히 듣고만 있던 일라이가 한숨을 내쉬며 답하자, 록하가 나지막이 중얼거리듯 내뱉었다.

"이건 정말 이상한 소리로 들릴지도 모르겠는데……."

"……?"

"내가 한참을 생각해 봤거든. 생명선이 끊긴 것도, 운명선과 성공선이 뚜렷한 것도 전부 내가 읽어 낸 게 확실하다면…… 바율이 죽었다가 다시 살아나는 게 아닐까 싶어."

내가 죽었다가…… 다시 살아난다고?

록하의 말 같지도 않은 말에 잠시 실내에 정적이 감돌았다. 이게 무슨 개풀 뜯어먹는 소리란 말인가. 순간 어이가 없어 제대로 말도 나오지 않았다.

"록하."

일라이가 열심히 속을 진정시키며 말했다.

"사람이 죽었다가 어떻게 다시 살아나? 지상 최강의 생명체라 불리는 드래곤도 죽으면 그냥 끝이라고!"

"그건 나도 아는데…… 바율의 운명선과 성공선에는 분명 미래가 있단 말이야. 나도 이런 특이한 손금을 처음 보긴 했는데, 너희 생각에도 이상하지 않아?"

"난 네가 제일 이상하거든?"

에이단이 더 들을 가치도 없다는 듯 앉아 있던 록하를 억지로 일으켜 세워 문가로 끌고 갔다.

"이 자식 얘기를 계속 들었다간 혼란만 가중될 것 같은데, 어때? 이의 있나?"

"에이단, 잠깐만."

바율은 서둘러 에이단을 막아섰다.

"바율, 더 들을 필요 없어. 너만 힘들어질 거야."

"그게 아니라, 그래도 일부러 여기까지 와 주었잖아. 고맙다는 말은 해야 할 것 같아서."

넌 이 와중에 그런 말이 나오냐?

일그러지는 에이단의 표정이 그리 물었지만, 바율은 이미 록하를 향해 있었다.

"록하, 고마워. 그리고 친구들이 무례하게 군 점은 내가 대신 사과할게. 내가 워낙 약골이었던 터라 더 예민하게 반응한 것 같아."

"좀 전에도 말했지만, 그에 관해선 충분히 이해해. 좋은 얘기는 아니었으니까."

"너도 내가 걱정돼서 말해 준 거지?"

록하의 얼굴은 시종일관 바율을 살피고 있었다.

"손금을 완전하게 믿는다고 말할 순 없지만, 네 마음은 고맙게 받을게. 사고가 나지 않도록 조심도 할 생각이야. 조심해서 나쁠 건 없을 테니."

"내 도움이 필요하면 언제든 불러도 돼. 어떤 식으로든 도움을 줄 수 있다면 주고 싶어."

"그래, 그러도록 할게."

더 긴 대화를 나누었다간 에이단의 인내심이 언제 폭발할지 몰랐다. 바율은 손수 문을 열어 록하를 배웅했다.

"그럼 우린 이제 저녁이나 먹으러 갈까?"

"입맛 괜찮냐?"

물론 괜찮지 않다. 하지만 바율은 친구들을 위해 애써 웃으려 노력했다.

"일단 배를 채우면 머리가 맑아지겠지. 너무 심각하게 받아들이지 않으려고."

"그래, 잘 생각했다. 내가 편지도 받고 해서 일부러 좀 친하게 지내 보려고 했는데, 쟤 아무래도 약간 맛이 간 것 같아."

"바율, 오늘 일은 그냥 잊자."

"학기 시작 전에 액땜했다고 치고 신경 꺼 버려!"

"손금 따위로 미래를 점칠 수 있다고 믿다니, 역시 인간들이란 한심하기 짝이 없군."

저마다의 방식으로 한마디씩 뱉어 주는 친구들이 있어서 다행이었다. 말처럼 쉽게 잊을 수는 없겠다만, 바율은 그렇게 되기를 소망했다.

하지만 그 소망은 이뤄지지 않았다. 공교롭게도 바로 다음 날 록하와 함께 승마 수업을 듣게 된 것이다. 불길한 점괘가 다시금 바율의 머릿속을 어지럽혔다.

Chapter 8.
황태자의 편지

1.

　—바율, 쟤야? 저기 머리 모양 이상한 자식이 바율을 심란하게 만든 거지?

　2학기 첫 승마 수업의 시작은 자세 교정이었다. 매년 가을 축제 때마다 열리는 승마 대회를 대비한 가르침임과 동시에 1학년 후보 선수를 뽑기 위한 과정이었다.

　재닛 교수님의 명령 하에 서너 명의 학생들이 기승부터 평보, 속보, 구보 등을 배운 대로 실력껏 뽐내었다. 바율은 아직 호명 전이어서 친구들과 함께 나무 그늘에 앉아 쉬는 중이었다.

　—내가 확 멀리 날려 버릴까?

바율과 감정을 공명하는 정령들은 어제부터 바율의 심기가 어수선하다는 것을 알고 있었다. 개중 템페스타가 승마 수업 때는 자신이 할 일이 많을 거라며 따라나섰다가 록하를 알아본 것이다. 바율이 불안한 눈초리로 녀석을 힐긋거리니 모르려야 모를 수가 없었다.

'아니야, 템페스타. 아무것도 하지 마.'

지금은 말을 타는 승마 시간이었다. 작은 실수도 큰 사고로 이어질 수 있는 수업이다. 그런 곳에서 템페스타를 자유스럽게 풀어놓았다간 어떤 대형 사건을 일으킬지 알 수 없었다.

—왜? 바율 저 녀석 싫어하는 거 아니야?

'그렇지 않아. 그냥 좀…… 생각할 게 있어서 그래.'

불편해하는 바율의 마음을 녀석이 오해한 모양이었다.

—무슨 생각? 난 불안해하는 것밖에 안 느껴지는데?

곧 죽을 거라는 말을 들었는데 평소와 똑같다면 외려 그게 더 문제일 것이다. 하나 어제의 일을 곧이곧대로 얘기했다간, 템페스타가 난리를 칠 게 분명했다.

'얼마 안 있으면 시험이잖아. 축제가 있기도 하고. 그래서 생각할 거리가 많은 것뿐이야.'

—시험이 그렇게 걱정돼?

바율은 나름 순발력을 발휘하여 되는 대로 이야기했을

뿐인데, 템페스타가 대번에 심각해졌다. 녀석을 조용히 시킬 기회가 온 거라면 놓칠 수 없었다.

'시험을 망치면 유급당할 수도 있거든. 그러지 않기 위해선 잘 봐야지.'

—알았어! 나도 오늘 정신 똑바로 차릴게!

바율이 말에 오를 때마다 표현을 다 하지 못할 만큼 큰 도움을 주고 있는 템페스타였다. 녀석이 양 주먹을 불끈 쥐고는 다짐했다.

'고마워, 템페스타. 오늘도 잘 부탁할게.'

바율은 지난 학기에 거의 승마를 다시 배우다시피 했다. 약한 몸 때문에 말을 탈 기회가 많이 없었기에 기본기가 부족한 탓이었다.

그래도 지금은 꾸준히 연습하고 뒤에서 받쳐 주는 템페스타 덕분에 전처럼 떨어질까 봐 무섭거나 그러지는 않는다.

"헐, 라나사 쟤 뭐냐?"

"…응?"

템페스타와 남몰래 대화를 나누고 있던 바율은 에이단의 말에 퍼뜩 현실로 돌아왔다.

"저기 봐 봐."

에이단이 턱짓하는 곳을 바라본 바율의 잿빛 눈동자가 크게 떠졌다.

"라나사가 록하에게 가네?"

"어, 손 내밀고 있다."

그 소리는 즉 라나사가 록하에게 손금을 봐 달라고 부탁했다는 것이었다.

"쟤도 손금 같은 것에 관심이 있었던 거야? 나 왜 이렇게 놀랍지?"

"좀 의외이긴 하군."

퀸이 동의하자 로건도 말없이 옆에서 고개를 끄덕였다. 마법학부 수업이 있는 일라이만 자리에 없어 동의하지 못했지만, 의견이 다를 것 같지는 않았다.

"라나사도 걱정되는 게 있나 보지 뭐."

그녀의 옆에는 루빈스키가 찰싹 달라붙어 있었다. 황실 사절단으로 동행했던 이후로 둘은 꽤 친한 사이가 된 것 같았다.

"쟤는 뭘 물어보려나?"

"글쎄⋯⋯."

예전에 라나사를 만났던 상황들이 머릿속에 하나둘 떠올랐지만, 바율은 굳이 입에 담지 않았다. 무엇이든 그녀에게도 사정은 있을 것이고, 거기에 관심을 갖는 것 자체가 무례한 일일 수 있었다.

"상당히 어울리지 않는 조합이지 않냐? 그래선지 무슨

소리를 할지 궁금하긴 하네."

"가서 들어 보든가."

"미쳤냐? 죽다 살아날 거란 헛소리를 하는 녀석한테 무슨!"

"…안 그래도 내가 그 말에 대해서 곰곰이 생각해 봤는데, 그만큼 위험한 일이 생길 거라는 암시가 아닐까?"

"암시?"

갑작스러운 로건의 추론에 바율은 물론 에이단과 퀸이 눈살을 찌푸렸다.

"물론 록하라는 아이의 말을 전적으로 신뢰하는 건 아니야. 단지 그런 운세를 잘못 읽은 건 아닐까, 하는 생각을 한거지."

"로건. 네가 바율을 생각하는 마음은 잘 알겠는데, 그런 쓸데없는 상상할 거면 시험공부나 해라. 이번 학기엔 내가 꼭 혼자 수석 할 테니까 기대하고!"

2학기가 되어서도 로건을 향한 에이단의 승부욕은 줄어들지 않았다. 사실 바율로선 로건을 왜 그리 싫어하는지 물어보고 싶었다. 하지만 녀석이 화를 낼 게 뻔한 데다, 이제좀 같이 있는 걸 편하게 여기는 중인데 괜한 걸 들춰내서 사이를 틀어지게 할까 봐 오늘도 침묵할 수밖에 없었다.

"바율! 에이단! 로건!"

재닛 교수님의 호명이 떨어진 것은 그때였다. 함께 앉아 있는 모습을 보시기라도 하였는지 그녀가 나란히 셋을 불렀다.

"가자, 우리 차례다."

"바율, 긴장하지 말고 잘해 봐."

에이단과 로건에게 승마란 눈을 감고도 아무렇지 않게 할 수 있는 편안한 놀이 같은 것이었다. 그에 반면 바율은 템페스타가 있긴 하지만, 막상 때가 닥치자 조금은 걱정이 되었다. 그나마 낙마는 안 할 거라는 게 큰 위안이었다.

"준비되었으면 기승을 시작한다."

재닛 교수의 호령에 셋이 힘차게 말 등에 올라탔다. 물 흐르듯 자연스러운 그들의 동작에 지켜보고 있던 아이들이 감탄을 하는 소리가 들려왔다.

'하필이면 에이단과 로건 사이에 끼어 버렸네.'

둘과 비교당할 걸 생각하니 바율은 내심 착잡하기도 했다.

─바율, 내가 있잖아! 힘내!

템페스타가 휘릭 날아와 허공에 몸을 띄운 채 바율을 응원했다. 한결같은 녀석의 위로에 바율은 자신도 모르게 피식 미소가 지어졌다.

생각해 보면 녀석의 도움으로 하늘도 날아다니는 판국이

었다. 얼음 광산이 무너졌을 땐 꼬박 쉬지 않고 세 시간을 말 위에서 버틴 적도 있었다. 물론 템페스타의 도움 덕이긴 했지만, 바율도 그간 아예 실력 향상이 없었던 것은 아니었다.

'응, 최선을 다할게. 잘 부탁해, 템페스타!'

바율이 씩씩하게 마음을 다잡자 신이 난 템페스타가 하늘로 날아올랐다.

"평보."

재닛 교수가 셋의 기승 자세에 만족한 듯 고개를 끄덕이며 평보와 속보를 연이어 주문했다. 마지막은 승마장을 크게 한 바퀴 돌아야 하는 구보였다.

빠르게 걷던 세 친구들은 몸을 앞으로 기울인 채 달리기 시작했다. 바율은 최대한 상체를 숙이며 바람을 갈랐다. 다리와 허리에 힘이 풀릴 때마다 템페스타가 알아서 잡아 준 덕에 친구들과 별 차이 없이 도착 지점을 통과했다.

"우아아아아!"

셋이 승마를 마치자 약속이라도 한 듯 아이들이 손뼉을 치며 환호했다. 에이단과 로건의 승마는 이전부터 흠잡을 데 없이 완벽했다. 바율은 이번에도 그 둘이 잘해 냈음을 짐작하며 활짝 웃었다.

"바율."

말에서 내리는 그들에게로 재닛 교수가 다가왔다.

"네, 교수님."

'실수는 안 한 것 같은데…… 어디서 잘못한 거지?'

바율은 당연히 재닛 교수에게 지적을 당할 거라고 생각
했다. 하지만 그녀의 입에서 나온 건 전혀 뜻밖의 말이었
다.

"몇 개월 사이에 승마 실력이 많이 늘었구나. 방학 동안
연습이라도 한 모양이지?"

"…예?"

"기승 자세도 그렇고, 평보며 속보가 매우 안정적이더구
나. 특히 구보 자세가 좋았다. 조금만 더 연습하면 빠르게
치고 나갈 수 있겠어."

난데없는 재닛 교수의 칭찬에 바율은 어리둥절했다. 에
이단과 로건을 옆에 두고 이런 말을 들으니 기분이 묘했다.

"그래서 말인데, 가을 축제 때 학년 대표로 승마 대회에
참가해 보지 않겠니?"

"…제가 말입니까?"

"혹시 다른 할 일이 따로 있는 거니?"

"아니요, 아직 그런 건 아니지만…… 에이단과 로건도
있는데, 어째서 저인지…….."

에이단은 동물과의 교감 능력을 타고난 테이머이고, 로
건은 걷기보다 승마를 먼저 배운 실력자였다. 그런 녀석들

을 두고 자신이 출전을 한다는 게 바율로선 받아들이기 어려운 제안이었다.

"아, 에이단과 로건도 당연히 출전을 해야지. 라나사까지 해서 1학년의 최고 에이스들인데 빠질 수 있나. 단지 종목이 다를 뿐이다."

"종목이요?"

"그래, 승마 대회에는 한 종목만 있는 게 아니란다. 내가 널 추천하는 건 그중에서도 경마다. 빠르게 달리는 부분이지. 경마는 말과의 호흡도 호흡이지만, 신체적 능력과 자세가 무엇보다 중요한데, 내가 방금 네게서 재능을 발견한 것 같거든."

"교수님, 저는 장애물에 나가고 싶습니다."

"알고 있다, 에이단. 로건도 마찬가지겠지?"

"네, 그렇습니다."

장애물 경기는 승마에서도 가장 어려운 종목이자 인기 있는 종목이었다. 긴 시간을 말과 함께 장애물을 통과하며 결승점까지 오기 위해선 그저 그런 재능이 아니라 절대적인 실력이 필요했다.

"들었지? 어떠냐, 바율? 해 볼 생각이 있니?"

재닛 교수의 갑작스러운 제안에 바율은 여전히 어리벙벙했다. 에이단과 로건처럼 오롯이 혼자만의 힘으로 이뤄 낸 것이 아니기에 한편으로는 찜찜한 마음도 들었다. 그것이 얼굴에 티가 났는지 재닛 교수가 웃으며 말했다.

"지금 바로 결정하라는 건 아니다. 생각할 시간을 줄 테니, 충분히 고민해 본 후에 알려 줘도 좋다."

"…네, 감사합니다."

"승마 대회는 여러모로 좋은 경험이 될 수 있을 것이다. 부디 네가 좋은 결정을 내렸으면 하는구나."

재닛 교수가 마지막 조언을 건네고는 다음 학생들을 크게 소리 내어 불렀다.

"바율, 어떻게 된 거야? 혹시 템페스타……?"

"응, 뭐 그렇지."

바율의 긍정에 에이단과 로건이 그럴 줄 알았다는 듯 피식 웃을 때였다.

"바율."

록하에게 손금을 보고 있던 라나사가 갑자기 그들을 향해 다가왔다. 정확히 그녀는 바율의 앞에 와 멈춰 섰다.

아카데미의 사절단으로 함께 황실까지 다녀온 사이지만, 둘은 제대로 대화조차 나눠본 적 없었다. 처음엔 기차에서 우연히 만나 우는 것을 들켜서 차가운 얼음처럼 굴었고, 두 번째는 이유도 모르는 화풀이의 대상이 되었었다.

이번엔 무슨 일이 생기려나.

바율이 저도 모르게 긴장하는 찰나, 라나사가 말했다.

"너 말 잘 타더라."

"…어?"

"전과 비교가 안 될 만큼 훌륭했다고."

"아…… 고마워."

그녀의 뜬금없는 칭찬에 당황했지만, 바율은 애써 평정심을 찾으려 애썼다.

"방학 때 배운 모양이지?"

"응?"

"란데르트 공작 전하나 만월 기사단 분들에게 말이야."

"아…… 그렇지, 뭐."

템페스타에 대해 말할 수는 없으니 바율은 대충 얼버무릴 수밖에 없었다.

그런데 그 순간 착각이었을까. 라나사의 얼굴에 부러운 기색이 살짝 스치고 지나갔다.

"이전 수업이 역사 수업이었어. 로티어스 교수님이 방과 후에 좀 보자고 하시더라. 그 말 전해 주려고 온 거야."

"로티어스 교수님이 나를 찾으셨다고?"

"응, 중요한 일인 것 같았어."

중요한 일?

설마 정령에 대한 책을 더 찾아내신 걸까?

그 순간 불현듯 바율은 그런 생각이 들었다. 그리고 만약 그게 사실이라면 이처럼 지체할 시간이 없었다. 지금 당장 달려가야만 했다.

"그럼 나중에 또 보자."

라나사가 상냥하게 인사한 후에 일행에게서 멀어졌다.

"쟤 뭐 잘못 먹었다냐?"

"사람이 갑자기 변하면 위험하다던데……."

"그거보다 지금은 로티어스 교수님이 부르신다는 게 중요한 게 아닐까? 뭔가 발견하신 것 같거든."

"저번처럼 '위대한 길을 향한 안내서'와 같은 그런 거 말이지?"

"제발 그랬으면 좋겠다."

정령에 대한 모든 실마리를 풀 수만 있다면 안 좋은 손금에 대한 기억도 잊을 수 있을 것만 같았다.

2.

마지막 수업이 끝나자마자 바율은 로티어스 교수의 사무실로 달려갔다. 방학 동안 성내의 모든 서고를 뒤졌지만, 정령에 관한 책은 찾아볼 수 없었다. 어쩌면 이번에도 로티어스 교수님께서 황실 서고에서 무언가를 가져오셨을지 모른다. 마침 황제의 결혼식도 있지 않았던가.

"후읍."

사무실의 문을 노크하기 전 바율은 크게 심호흡하며 긴장을 누그러뜨렸다.

똑똑.

"들어오거라."

아직 돌아오지 않으셨으면 어쩌나 걱정했는데 다행히 안쪽에서 로티어스 교수의 목소리가 들려왔다. 바율은 망설이지 않고 서둘러 문을 열고 안으로 들어갔다.

"안녕하세요, 교수님."

"그래, 바율. 어서 와라. 이렇게 따로 보는 건 개강하고 처음이지? 방학은 잘 보냈니?"

로티어스 교수의 사무실은 여전히 어수선하고 담배 냄새로 가득했다. 하지만 오랜만이어서인지 이마저도 반가웠다.

"네, 고향에도 다녀오고 편히 잘 쉬었습니다. 교수님께선 어떠셨나요?"

"베르가라에 다녀온 걸 묻는 건가?"

황제의 세 번째 결혼식이었다. 상대는 헥터 공작과 사돈이 되는 보이텍 후작의 딸이었고, 그들은 린데만 황태자의 반대편에 선 자들이었다.

로티어스 교수에겐 축하해야 할 형의 결혼식이기도 하지만, 황태자인 조카의 안위를 걱정해야 할 상황이기도 한 것이다.

정령에 관한 책의 유무와는 별개로 그날의 분위기가 어떠하였는지도 알고 싶었다. 아버지를 뵙지 못하고 캐링스턴으로 왔기에 더욱 그랬다.

"뭐, 시끌벅적 요란했단다. 사절단이 좀 많이 왔어야지."

"로이안 황제가 직접 왔다고 들었습니다."

십년전쟁을 일으킨 장본인이 직접 황제의 결혼을 축하하기 위해 온 일로 나라 전체가 들썩였다. 개강 후에도 학생들 사이에서 종종 회자가 될 정도로 큰 화젯거리였다.

"아버지가 아무 말씀 안 하셨니?"

"그게…… 뵙지 못하고 왔습니다."

"…그래?"

이유가 궁금했지만 로티어스 교수는 굳이 묻지 않았다. 그저 나름의 사정이 있었을 거라 짐작할 뿐이었다.

"하면 황실 파티에서 무슨 일이 있었는지도 모르겠구나."

"일이요?"

"란데르트 공작 전하와 로이안 황제의 만남에 대해서 말이다. 이미 아는 아이들도 꽤 있을 텐데, 네 앞이라서 말을 조심한 모양이다."

황제의 결혼식에 참석했던 귀족이 어디 한둘이겠는가. 그들의 자식 중에는 캐링스턴 아카데미의 학생이 상당수 존재했고, 당연히 저마다 부모들에게 란데르트 공작과 로이안 황제가 무력 충돌할 뻔한 사건에 대해서 전해 들었다.

개강하자마자 마법학부와 신학부가 패싸움을 하는 통에 교수들이 잘려 나가며 아카데미 전체가 시끌시끌했던 탓에 소식이 늦은 것이기도 하였다.

"아버지께선 무탈하신 거죠?"

"그렇다마다. 그런 쪽으로는 전혀 염려하지 않아도 된다."

바율의 얼굴에 걱정의 기색이 스치자 로티어스 교수가 안심하라며 미소 지었다.

"난 오히려 로이안 황제가 걱정이다."

"…예?"

"란데르트 공작 전하께서 무시무시한 경고를 하셨거든."

그가 어리둥절해하는 바율에게 피로연에서 있었던 일에 대해서 간단하게 설명해 주었다.

"…아버지께서 정녕 그러셨습니까?"

발 구르기 한 번으로 건물 전체를 지진이라도 난 것처럼 흔들리게 하였다는 아버지의 신위는 아들인 바율도 믿기 힘들 만큼 엄청난 얘기였다.

그게 가능한 일이란 말인가?

'…하긴.'

그러나 놀람은 잠시였다. 기실 생각해 보면 검 하나로 산사태를 막아 내신 적도 있었다. 방학 중 영지 순방을 하며 보았던 아버지의 위대함이 새삼 떠오른다. 아버지라면 지진이 아니라 건물 자체를 무너뜨리는 일도 충분히 가능하실 것이다.

로이안 황제는 많은 이의 목숨을 앗아 간 자다. 그런 자에게는 보다 확실한 경고가 필요했을 터. 바율은 아버지가 자랑스러웠다.

"다들 너무 놀라서 한동안 움직이지도 못할 정도였지. 로이안 황제에게는 잊지 못할 치욕이었을 것이고. 내 입장에서는 매우 통쾌하더구나."

"그가 어떤 표정을 지었을지 궁금하네요."

"후후, 이럴 때 보면 바율 너도 마냥 순하지만은 않은 것 같다니까. 란데르트 공작 전하를 똑 닮았어."

"십년전쟁은 대륙에 너무 많은 피를 흘리게 했습니다. 전 로이안 황제가 반드시 그 대가를 받아야 한다고 생각합니다."

"맞다. 병사는 물론이요, 무고한 양민과 힘없는 아이들까지 숱하게 죽었지."

로티어스 교수 역시 안타까운 듯 눈빛이 가라앉았다.

"하지만 바율, 세상은 공평하단다. 로이안 황제도 언젠가는 그 벌을 달게 받을 것이다."

"그게 언제일까요?"

"글쎄…… 그건 네 아버지께 여쭤보는 게 빠를 것 같은데?"

대륙을 일통하겠다는 야욕을 드러냈던 드와이어트 제국이 지금껏 잠잠한 것은 오롯이 란데르트 공작 때문이었다. 아무리 군사력이 예전과 비교할 수 없을 만큼 약해졌다고 해도, 대륙의 많은 국가는 아직도 드와이어트 제국의 힘을 두려워한다.

그렇기에 란데르트 공작이 건재한 폴스카 제국을 의지할 수밖에 없는 것이다.

또한 모두의 위에 군림할 수 있는 능력을 지니고서도 그 힘을 오직 지키는 데만 쓰는 란데르트 공작이기에 대륙인들은 그를 더욱 공경하며 우러르는 것이었다.

"다시는 십년전쟁과 같은 끔찍한 일은 벌어지지 않았으면 합니다."

"그건 당연히 나도 그렇다."

"하나 아버지께서 로이안 황제를 벌하실 상황이라면 그와 비슷한 경우가 되지 않겠습니까?"

"그래서 걱정되니?"

"…제게는 아버지이시니까요."

아무리 전설로 불리시는 분이라 할지라도 아들인 바율은 불안할 수밖에 없었다. 전쟁도 다툼도 없는 평화로운 세상. 바율은 때때로 그런 날이 오기를 기도하며 소원했다.

"안다, 네 마음."

나라와 대륙을 염려하기 이전에 그들에게는 가족이었다. 황가의 자식으로 태어난 그가 그 속을 어찌 모르겠는가.

"나도 너와 형편이 비슷하거든. 형님이 새 장가를 가는 바람에 찜찜해졌지."

로티어스 교수의 안색이 아주 잠깐 어두워졌다.

"…린데만 황태자 전하를 말씀하시는 거죠?"

로티어스 교수는 대꾸하지 않았지만, 그의 표정만으로 대답은 충분했다.

다음 대 황위를 이어야 할 조카였다. 황제에게는 적자이자 유일한 아들이기도 했다.

하지만 새로 얻은 부인에게서 아들이 태어나기라도 한다면 그 유일함이 사라진다.

작금의 황제는 아직 젊고 건강하다. 그가 양위를 해야 할 시기엔 새로운 황자도 성인이 되어 있을 가능성이 농후하고, 그건 린데만 황태자에게 좋지 않은 상황이 될 확률이 높았다.

"폐하께선 현명하신 분이라고 들었습니다. 그리고 황태자 전하의 곁엔 교수님과 아버지께서 계시고요. 걱정하실 만한 일은 없을 겁니다."

"퍽 단정하는 말투인데?"

"감히 평하자면 제가 만나 본 린데만 황태자 전하는 황위를 물려받을 자격은 당연하거니와 그에 마땅한 실력에 훌륭한 인품까지 두루 갖추신 분이었습니다. 분명 많은 대신들이 황태자 전하를 따를 것입니다."

사실 바율은 그에 관해선 깊게 생각해 본 적이 없었다. 황실 사절단으로 황궁을 방문하고 린데만 황태자를 만나기 전까지는 말이다.

황태자의 성년식 파티에 참석했을 때 본의 아니게 오가는 많은 말들을 들었다. 그러면서 자연스레 정계 상황에 대해 친구들과 얘기를 나누기도 하였다.

조카를 생각하는 로티어스 교수의 심정은 십분 이해하나, 다음 대 황제가 린데만 황태자가 아니게 되는 건 말도 안 되는 일이었다. 그런 일은 절대 일어나지 않을 것이고, 그리되어서도 안 되었다.

"너도 그런 대신 중 한 명이 되겠지?"

"…제가요?"

"왜, 정치에 뜻이 없는 거니?"

"그건 아니지만…… 전혀 생각해 본 적이 없는 부분이라……."

이제 고작 열여섯이었다. 아카데미를 졸업하려면 아직 멀고도 멀었고, 현재는 온 신경이 정령에게로 쏠린 상태였다.

바율도 언젠가는 린데만 황태자처럼 아버지의 뒤를 이어야만 하는 공작가의 후계자였다. 막연히 그런 날이 오겠지, 라고 생각은 하고 있으나 그것이 다였다.

"넌 필시 좋은 신하가 될 것이다. 네 아버지를 닮아도 너무 닮았거든."

로티어스 교수가 싱긋하더니 갑자기 일어섰다.

"그래서 녀석도 이런 걸 나에게 전하라고 한 거겠지?"

"예?"

로티어스 교수가 책상으로 걸어가 무언가를 손에 쥐더니 금세 바율에게로 되돌아왔다.

"받아라."

"이것이 무엇입니까?"

그가 건넨 것은 비단 천에 싸인 물건이었다. 얼결에 그것을 받아들며 바율이 묻자 로티어스 교수가 직접 열어 보라는 듯 턱짓했다.

잠시 망설이던 바율은 고개를 기울이며 비단에 묶여 있는 매듭을 조심스럽게 풀었다.

"…그림인가요?"

스륵, 비단 천이 벗겨지고 드러난 것은 둥글게 말린 누런 종이였다.

"글쎄다."

여전히 입을 열지 않는 로티어스 교수를 앞에 두고 바율은 천천히 말린 종이를 펼쳤다. 그리고 다음 순간 그 어느 때보다 깜짝 놀랐다.

"……!"

그도 그럴 것이 물건의 정체는 편지였다. 빽빽하게 쓰인 글 중 가장 윗줄과 아랫줄의 문구가 바율의 심장을 쿵쾅 뛰게 만들었다.

친애하는 나의 친구 바율에게.

……

만날 날을 고대하며, 베르가라에서 아킨.

"베르가라라면……?"

바율의 흔들리는 눈빛을 마주하며 로티어스 교수가 말했다.

"아킨은 내가 사석에서 조카를 부를 때 주로 사용하는 이름이다. 린데만 아킨 페노이스트 무어. 녀석의 풀 네임이지."

그랬다. 로티어스 교수가 바율에겐 준 것은 린데만 황태자의 친서였다. 그가 숙부를 통해 바율에게 서찰을 보낸 것이다.

"…황태자 전하께선 잘 지내십니까?"

뜻밖의 편지에 너무 놀라서일까. 바율은 그만 바보 같은 질문을 하고 말았다.

"그건 네가 편지를 읽어 보면 알 수 있지 않을까?"

"아……."

"곧 알게 되겠지만, 네가 지을 표정이 궁금하니 미리 알려 주지."

당황한 바율의 모습이 재미있었는지 로티어스 교수의 입가가 실룩였다.

"녀석이 온다는구나."

여기서 녀석이란 린데만 황태자를 뜻한다. 그런데 뒤의 말이 이해가 가질 않는다.

"…어디를 말입니까?"

"어디긴 어디이겠냐. 너와 내가 있는 이곳이지."

"…예?"

"전부터 늘 오고 싶어 했거든. 녀석의 신분이 매번 발목을 잡았지만, 이번엔 용케 뜻을 관철시킨 모양이다."

"설마…… 황태자 전하께서 캐링스턴 아카데미를 방문

하신다는 말씀이세요?"

"그렇다니까? 거기 편지에 다 쓰여 있을걸?"

"어, 언제요?"

전혀 예상하지 못했던 상황에 바율은 계속 아둔한 질문만 뱉어 냈다.

"가을 축제. 1년 중 아카데미가 가장 떠들썩해지는 그 시점에 온다는구나. 내 조카님, 반갑게 맞아 줄 거지?"

로티어스 교수가 물었지만 바율은 시원하게 답하지 못했다.

황태자가 여길 온다고?

기꺼이 친구가 되기로 하였었지만, 이건 정말이지 생각지도 못한 전개였다. 교수님에겐 죄송하지만, 반가움보다는 걱정과 우려가 앞서는 것이 바율의 솔직한 마음이었다.

3.

친애하는 나의 친구 바율에게.

안녕, 바율.

많이 놀랐을까? 내가 편지를 보낼 줄은 몰랐겠지? 당황했을 너의 얼굴이 벌써 그려진다.

아카데미가 방학 중이라고 들었어. 그래서 지금은 고향인 해밀턴에 있다고.

란데르트 공작님과 많은 시간을 보내고 싶었을 텐데, 하필 아바마마께서 혼인을 하시는 바람에 부자 사이를 떨어뜨려 놓았네.

그건 내가 대신 사과할게. 만나서도 만회할 기회가 있다면 좋겠다.

바율, 넌 어떨지 모르겠지만 난 가끔 네가 생각나.

네가 아낀다는 너의 친구들과 캐링스턴에서 어떤 모험을 즐기고 있을지 상상하면 매우 부럽기도 해. 나도 그런 순간을 꿈꾸고는 했었으니까.

참, 자레드의 퇴학 소식은 진즉에 들었어. 거기 이사장이란 자가 일을 아주 야무지게 잘하는 것 같더라. 내가 캐링스턴에 가게 되면 만나고 싶은 이들 중 한 명이야. 당연히 영순위는 바율 너이고.

아바마마의 허락에 변심이 생기지만 않는다면 가을 축제가 열릴 즘에는 그곳에 도착할 수 있을 것 같아.

그간 네가 얼마나 성장했을지 궁금하다.

모처럼의 황도 탈출이라 기대도 되고 흥분돼.

오래 있지는 못하겠지만, 그곳에서 너와 소중한 추억을 쌓고 싶어. 그때까지 부디 건강하고, 중간고사도 잘 보길 바라.

아카데미에 따로 공문을 보내긴 할 테지만, 내 의전은
너와 너의 친구들이 맡아 주었으면 좋겠는데, 내 부탁
들어줄 거지?

그럼 캐링스턴에서 봐.

만날 날을 고대하며, 베르가라에서 아킨.

"미쳤구나? 자기가 뭔데 이사장을 만나?"

모두가 잠든 야심한 시각, 바율과 친구들은 타락의 숲 오
두막에 모여 앉아 바율이 가져온 황태자의 편지를 함께 읽
었다.

이사장을 만나고 싶다는 린데만 황태자의 뜻에 일라이가
진심으로 어이없다는 듯 얼굴을 구겼다.

"황태자면 뭐? 만나고 싶으면 아무나 다 만날 수 있대냐?"

"아마 그럴 수 있을걸?"

"뭐야?"

에이단의 지적에 일라이가 눈에 쌍심지를 켜고 친구를
노려보았다.

"황태자잖아. 제국에서 황제 다음으로 높은 사람인데,
뭔들 가능하지 않겠어?"

"내가 지금 그딴 걸 몰라서 이러는 거냐? 이사장이 어떤 자인지 잊었어? 그자가 황태자를 똑바로 상대하겠냐? 무슨 사달이 나도 크게 날 거라고!"

"…라이, 너 지금 이사장님 걱정하는 거야?"

"미쳤냐, 내가? 난 우리를 걱정하는 거다, 우리! 그 불똥이 엄한 우리에게로 튀길까 봐!"

황태자의 편지 말미에는 바율과 친구들에게 의전을 부탁한다고 쓰여 있었다. 꼼짝없이 시중을 들어야 하는 처지가 된 것이다. 이사장의 실수로 황태자의 심기가 상하기라도 한다면, 불편해지는 건 그들이었다.

"이번 축제 때는 아무것도 못 하겠군."

"퀸, 뭐 하고 싶은 거 있었어?"

"아니, 딱히 그런 건 없었는데 해야 할 일은 방금 생겼네."

무려 황태자의 방문이었다. 경호에서부터 식사, 축제 관람 등 신경 써야 할 것들이 한두 가지가 아닐 것이다. 호위야 당연히 황실 기사단이 함께 움직일 테니 걱정할 필요 없겠지만, 다른 것들이 문제였다. 화려한 황궁 생활에 익숙한 황태자를 무엇으로 만족시킬 수 있을지 그 점이 최대 난제였다.

"너희 승마 대회는 어떻게 되는 거냐? 가능하겠어?"

"그건 무조건 나가야지! 걸린 상금이 얼만데, 그걸 포기하냐?"

에이단이 그것만은 단념할 수 없다며 강하게 얘기했다.

"로건은?"

"재닛 교수님께 이미 신청서를 작성해서 드렸어."

로건 역시 꼭 하고 싶다는 뜻이었다.

"둘이서 경쟁을 하겠다는 거구만. 애들이 벌써부터 돈까지 걸고 내기하던데, 난 어디에다 걸까나?"

"내 쪽에 거는 게 너의 경제 사정을 위해서 나을 거니 참고하렴."

로건은 어디에 걸어도 자신과는 상관없다는 듯 웃어넘긴 반면, 에이단이 가슴을 내밀며 본인의 우승을 자신했다.

"라나사도 만만치 않을 텐데, 너무 확신하는 거 아니냐? 그러고 보니 바율 너는 어쩔 거야? 오늘 재닛 교수님이 경마 대회 추천하셨잖아. 나갈 거야?"

"그게…… 아무래도 난 좀 그러네."

"그렇다니, 뭐가?"

"온전한 내 힘으로 타는 게 아니잖아. 템페스타의 도움으로 잘 탈 수 있는 건데, 남들과 경쟁하는 건 아닌 것 같아."

"꼼수 같다는 거지?"

"굳이 말하자면 그렇게 느껴져."

주변에 템페스타가 없음을 눈으로 확인하고 바율이 어색하게 웃으며 대답했다. 템페스타의 성질이라면 꼼수라는 말에 대로할 게 분명하기 때문이다.

"딴지 거는 건 아니지만, 난 정령도 네 실력의 한 부분이라고 생각해. 너만의 특별한 능력이잖아. 내가 테이머인 것처럼."

바율의 말대로라면 에이단도 꼼수라 칭할 수 있었다. 녀석이 가진 이능이 발휘되는 것이니까.

"에이, 에이단. 너와는 다르지. 난 제삼자의 도움을 받는 거고, 테이머인 넌 그 자체로 동물과 교감하는 거잖아."

"비슷한 거 아닌가?"

"전혀 안 비슷해."

정령은 그저 남들 눈에 보이지 않을 뿐이었다. 바율은 자신이 대회에 나가는 건 다른 친구들에게 불공평한 처사라고 생각했다.

"별로 중요한 얘기도 아닌 것 같은데, 그런 결정은 나중에 하기로 하고. 황태자인지 뭔지나 어떻게 할지 정하는 게 어때?"

여전히 그의 방문이 마뜩잖은 듯 일라이의 표정이 안 좋았다.

"라이, 얼굴 풀어. 그래도 자레드 자식 싫어하는 건 우리 랑 같잖아."

"그 자식 싫어하는 사람은 아카데미에도 널리고 널렸거 든? 좋아하는 애들 찾는 게 더 어려울 거다."

"그래도 자레드의 퇴학 소식을 황태자가 기뻐한다니 난 좀 많이 고소하고 통쾌한데? 언젠가는 제 아비의 뒤를 이 어 공작이 될 놈인데, 대전에서 황태자가 막 갈구면 얼마나 재미있겠냐?"

자레드에게 당한 것이 많다 보니 아직도 그 녀석 얘기만 나오면 이가 갈리는 에이단이었다. 가끔은 퇴학 처리가 된 게 아쉽기도 했다. 두고두고 복수할 기회를 잃었으니까.

"요즘은 어디서 뭘 하는지 궁금하단 말이지."

"마르세이 아카데미에 편입했다더군."

갑작스러운 로건의 말에 다들 시선이 집중되었다. 금시 초문의 이야기였기 때문이다.

"…마르세이라니?"

"거기라면 황도에 있는 아카데미 맞지?"

"그 자식이 거길 들어갔다고? 정말이야?"

로건이 그렇다는 듯 고개를 끄덕였다.

"아무래도 어쌔신을 고용한 게 걸려서 조사를 좀 해 봤 어."

"호오, 제법이네. 우리의 안전이 그렇게 걱정되었냐?"

"정도를 넘어섰으니까. 그런 일이 또 일어나지 말란 보장도 없고."

"로건, 세이모어 백작님께 말씀드린 건 아니지?"

"걱정 마. 아버지 몰래 처리했어."

로건은 여전히 어른들에게 알려야 한다는 입장이었지만, 바율과의 약속을 어길 순 없었다. 해서 그가 할 수 있는 거라곤 자레드가 무슨 짓을 할지 감시하는 것뿐이었다.

"헥터 공작도 대단하다. 자기 자식이 또 어떤 사고를 칠지 모르니 아예 황도에 처박아 뒀네. 그 자식 상당히 답답하겠어."

"무사히 졸업이나 하면 다행일 거다."

안 봐도 뻔했다. 사람은 쉽게 변하지 않는다. 녀석은 필시 그곳에서도 대형 사고를 치고도 남았다.

"그 자식이야 어찌 되었든 나랑은 상관없으니 넘어가고, 황태자 어쩔 건데? 의전 그거, 꼭 해야 해?"

"황태자 전하께서 편지까지 써서 친히 부탁하신 일이야. 너희들은 몰라도 나만큼은 거부할 수가 없어."

이곳에서 황태자가 의지할 수 있는 사람이라곤 바율과 로티어스 교수가 전부였다.

자신이 없더라도 별문제 없이 축제를 감상할 수는 있겠

지만, 황태자가 원하는 건 그런 게 아니라는 걸 바율은 안다. 그에겐 또래의 친구가 필요했다.

"정 싫으면 라이는 빠져도 될 거야."

억지로 강요하고 싶지는 않았다. 황태자의 편지엔 친구들도 언급되어 있었지만, 사정을 설명하면 이해해 주실 것이다.

"이사장이 뭔 짓을 할지 모르는 판에 내가 빠지면 되겠냐? 그자를 제어할 수 있는 건 짜증 나게도 나밖에 없어."

결국 일라이도 의전에 합류하겠다는 것이었다.

"이번 주말에 그 집에 가면 단단히 일러 줘야겠군."

거래를 했으니 실천을 해야만 했다. 그자의 소굴로 다시 들어가기가 죽기보다 싫었지만, 일라이에겐 달리 방법이 없었다. 피오 보는 낙으로 견디는 수밖에.

"이왕 가는 거 새로운 교수님에 대한 정보도 좀 알아 와라. 궁금해 죽겠다."

"넌 수업 받을 일도 없는 신학부와 마법학부 교수님을 왜 궁금해하는데?"

"이사장님 주변엔 이상한 자들뿐이라면서? 얼마나 이상할지 궁금해서 그렇지."

에이단은 솔직히 기대가 될 정도였다. 아카데미에 어떤 활력을 불어넣을지 미리 알고 싶었다.

"내버려 두면 자연히 알게 될 거, 지금은 일단 시험공부나 하자. 제대로 성적이 나와야 축제를 즐기든가 말든가 하지."

바율의 가슴 통증으로 정령들을 승급시키는 일도 잠정 중단했고, 시험과 축제 등으로 야간 훈련 역시 멈춘 상태였다.

일라이의 말대로 그들이 지금 우선시해야 할 것은 시험 준비였다. 황태자의 의전에 관해선 이후에 토의해도 늦지 않았다.

Chapter 9.
신임 교수

1.

일주일이 빠르게 흘러갔다. 바율과 친구들은 저녁마다 오두막에 모여 시험공부에 박차를 가했다. 방학 동안 여유롭게 보낸 탓인지 새 학기 적응이 그리 만만치만은 않았다. 시험과 축제를 동시에 준비해야 하기에 더욱 바쁜 나날이었다.

"바율 도련님!"

그러다 어김없이 주말이 찾아왔고 바율은 리타와 데스 형제들이 기다리는 저택으로 돌아왔다. 언제나 그랬듯 마차가 저택 앞에 섬과 동시에 리타가 뛰쳐나왔다. 녀석의 뒤로 허리 숙여 인사하는 이언이 보였다.

"리타, 잘 지냈어?"

"그럼요! 도련님은 힘들지 않으셨어요? 식당 밥은 어땠어요? 다시 공부하려니 머리 아프시죠?"

리타가 바율을 보자마자 질문을 쏟아 냈다.

"난 괜찮아. 식당 밥도 맛있었고, 공부하는 것도 나름 재미있어. 그러니 걱정하지 않아도 돼."

바율은 웃으며 리타의 질문에 하나하나 빼먹지 않고 답해 주었다.

"근데 데스 형제가 안 보이네? 어디 심부름 보냈어?"

"아니요. 다들 안에 있어요."

"…그래?"

주말마다 환대까지는 아니더라도 밖에 나와 맞아 주던 이들이었다. 그래선지 바율은 의아하면서 내심 서운하기도 했다.

"지금 먹느라 완전 정신없거든요."

"아, 점심 식사 중이야?"

보통은 바율이 도착해서 같이 먹고는 했었는데 어지간히도 배가 고팠던 모양이었다.

"점심이라기보다는 일종의 애피타이저인 셈이죠."

"무슨 요리를 해 줬는데?"

"제가 안 했어요."

"응?"

리타가 안 하면 누가 요리를 한단 말인가?

그에 바율이 고개를 갸웃하자 리타가 목소리를 깔며 말했다.

"도련님, 놀라지 마세요. 드디어 바르가 사람이 먹을 수 있는 요리를 만들기 시작했어요."

"…그럼 지금 바르가 한 요리를 데스와 아몬이 먹고 있다는 소리야?"

바율은 놀라지 않을 수 없었다. 황태자의 편지를 받았을 때보다 더 놀랐다.

맛대가리 없는 음식만 만든다며 갖은 구박에 팔까지 잘린 바르가 아니었던가?

리타를 똑같이 따라 해도 기이한 맛을 내는 것이 바르의 특기이자 미스터리였다.

드디어 진척이 있는 건가?

궁금한 나머지 저택 안으로 향하는 바율의 발걸음이 빨라졌다.

2.

리타의 말은 사실이었다. 바율이 저택의 식당에 들어서

자 익숙한 듯 익숙하지 않은 풍경이 그의 눈길을 사로잡았다. 데스와 아몬이 그릇에 얼굴을 박고 허겁지겁 뭔가를 먹고 있었고, 그런 둘을 바르가 뿌듯한 눈길로 내려다보고 있었다.

"흐윽, 감사합니다!"

감격에 벅찬 듯 바르가 주먹 쥔 한쪽 팔을 허공에 대고 흔들며 잘게 몸을 떨었다. 그의 두 눈에는 눈물까지 맺혀 있었다.

그간의 고생이 주마등처럼 스쳐 지나갔다. 노력에는 장사가 없다고 하더니, 드디어 그 결실을 얻은 것이다. 바르의 기쁨은 이루 말로 표현할 수가 없을 정도였다.

"혹시 제 것도 있습니까?"

마계 서열 9, 10, 11위의 마족들은 바율이 온 것도 모른 채 음식에만 집중하고 있었다. 그 사실이 어처구니없는 한편 신기해서 바율은 자기도 모르게 웃음이 났다.

"어? 바율 도련님!"

"이제 오십니까?"

"…왔어?"

그사이 그릇을 깨끗이 비운 데스가 그제야 고개를 들며 바율에게 인사했다. 따로 물을 필요도 없었다. 그의 표정은 진심으로 만족한 얼굴이었다.

"요리에 성공하셨다고요?"

"네! 리타 스승님 덕분에 드디어 제가 사령관님의 입에 맞는 요리를 완성하게 되었습니다!"

흥분이 가시지 않은 듯 바르가 호칭을 실수했다. 평소였더라면 불호령이 떨어지고도 남았겠지만, 지금은 데스의 기분이 최고조일 때였다.

갓 식사를 마친 상태였고, 그것이 매우 흡족했으며, 그 요리를 해 준 당사자가 바로 바르였다. 적어도 오늘 하루만큼은 데스에게서 싫은 소리가 나오지 않을 거란 데에 바율은 전 재산을 걸 수도 있었다.

"진짜 맛있습니다, 바르 형님! 한 그릇 더 주십시오!"

"그럴까?"

바르는 손이 큰 남자였다. 그가 아몬의 요청에 잠시만 기다리라며 주방으로 달려가더니 곧 접시 세 개를 내왔다.

"도련님도 어서 앉으십시오."

바율은 이상하게 긴장이 되었다. 워낙 화려한 전적이 있는 바르였기에 데스와 아몬이 맛있게 먹는 모습을 보고도 쉬이 믿기지가 않았다. 한술 떠서 맛을 봐야 실감이 날 것 같았다.

"근데 요리가……."

"왜 그러십니까?"

아직 맛도 보기 전인데 바율이 머뭇거리자 바르의 안색
이 굳었다.

"리타 말로는 애피타이저라고 들었거든요."

"네, 맞습니다. 가벼운 고기볶음입니다."

대체 고기가 언제부터 가벼운 요리가 된 건가요?

통상적으로 고기는 메인 메뉴에 쓰이는 법이었다. 애피
타이저라기에 샐러드와 같은 요리가 나올 줄 알았던 바율
은 당황할 수밖에 없었다.

"어서 드십시오. 오늘의 하이라이트 요리는 특제 소스를
바른 칠면조 구이입니다."

"오, 맛있겠군!"

"당장 먹고 싶습니다!"

또 고기네요, 라고 말하는 바율의 음성은 둘의 목소리에
묻혔다. 애피타이저를 두 접시째 비우고 있으면서도 데스와
아몬의 식욕은 여전해 보였다. 별로 낯선 모습은 아니었다.

"그거 안 먹을 건가?"

바율이 고기볶음을 먹지는 않고 지켜보고만 있자 데스가
은근슬쩍 탐을 냈다.

"데스 씨!"

그때 뒤늦게 식당으로 들어서던 리타가 엄한 눈초리로
데스에게 경고했다.

"제가 도련님 음식에 눈독 들이지 말라고 했죠? 힘들게 공부하시고 이제 막 도착하신 분한테, 어떻게 사람이 그래요?"

'그야 데스는 사람이 아니니까······.'

음식에 눈이 멀어 인간인 척 굴며 하인으로 취직까지 한 데스였다. 바율은 현재의 상황이 하나도 이상하지 않았다.

"자꾸 도련님 음식 넘보면 제가 어떻게 한다고 했죠? 저녁 굶고 싶으세요? 오늘 저녁에 도련님 몸보신시켜 드릴 겸해서 소고기 등심 스테이크 하려고 했는데, 어떡할까요? 일 인분만 할까요?"

"소고기 등심 스테이크?"

데스뿐 아니라 바르와 아몬의 동공까지 극심하게 흔들렸다. 방금 전까지 바르의 음식을 극찬하며 먹었지만, 아직 리타를 따라가려면 멀었다. 어디까지나 '먹을 수 있는 수준'을 만든 거지, 리타의 음식과는 차이가 있다.

게다가 소고기란다. 소고기는 마족인 그들이 인간계에 내려와서 가장 좋아하게 된 음식이었다.

구워도, 삶아도, 볶아도, 끓여도, 말려도, 심지어 날것으로 먹어도 맛있는 것이 소고기였다.

"안 먹고 뭐 해? 얼른 들어 봐."

데스의 포기는 빨랐다. 그가 음식 접시를 바율에게로 더 가깝게 밀면서 어서 먹으라고 권했다.

"…잘 먹겠습니다, 바르."

바율은 그렇게 모두가 지켜보는 앞에서 본격 시식에 나섰다.

꿀꺽.

바르가 긴장한 듯 소리가 날 정도로 크게 침을 삼켰다. 바율은 그들과는 다른 인간이었다. 평생을 맛있는 음식만 먹으며 자란 귀한 집 자제였다. 어떤 평을 내릴지 긴장하지 않을 수 없었다.

"이거…… 정말 바르가 한 거 맞아요?"

끄덕끄덕.

"진짜요?"

"그렇다니까. 왜, 별로야?"

"아니요, 별로긴요. 너무 맛있는데요?"

"그런데 얼굴이 왜 그래?"

바르 대신 물으며 데스가 의심스러운 표정을 지었다.

"놀라워서요."

리타가 보는 앞에서 그녀의 지시대로 요리를 해도 차마 입에 넣기 힘든 음식을 만들어 내던 바르였다. 그런 그가 갑자기 제대로 된 음식 맛을 내기 시작했으니 바율이 어찌 놀라지 않을 수 있겠는가. 거의 기적 같은 일이었다.

"제가 없는 동안 무슨 일이 있었던 거죠? 리타, 특훈이라도 한 거야?"

"아니요, 전 평소랑 똑같이 가르쳤어요."

지금이야 담담하지만, 처음엔 리타도 깜짝 놀라 말을 잇지 못했었다. 열심히 가르치는데도 실력이 도통 나아지질 않아 거의 포기 단계였기 때문이다.

"어쨌든 잘 됐다. 바르, 그동안 마음고생 많았을 텐데 축하해요!"

"감사합니다, 바율 도련님."

"리타도 축하해."

"저는 왜요?"

바율의 갑작스러운 축하에 리타는 의아했다.

"리타도 가르치느라 같이 고생했잖아. 자고로 어떤 일을 훌륭하게 완수한 사람에게는 좋은 스승이 있기 마련이거든."

뭘 해도 이상한 맛으로 승화시키는 바르의 재주는 리타에겐 엄청난 골칫거리였을 것이다. 오늘의 성과에 리타의 공도 적지 않았다.

"제가 잘 가르치긴 했죠. 근데 아직 멀었거든요? 이제 겨우 먹을 만한 요리를 만들기 시작한 거라고요. 바르, 아까도 말했지만 절대 자만하면 안 됩니다!"

"네, 스승님. 더 열심히 하겠습니다!"

"좋아요. 그럼 따라오세요. 마저 완성해야죠."

리타는 엄격한 스승이었다. 남은 요리를 위해 두 요리사가 주방으로 향했고, 식당엔 바율과 데스, 아몬만 남았다. 이언은 마저 할 일이 있다며 끝나고 오기로 하고 다시 방으로 돌아간 상태였다.

"그래, 아카데미에 다시 복귀한 소감은 어떻지? 이사장은 멀쩡히 잘 있던가?"

데스가 셋만 남자 슬쩍 바율에게 물었다.

"이사장님은 잘 계십니다. 당분간 출근할 거라고 하시더군요."

"출근? 어디 안 가고 말이지?"

"네, 별명이 바람의 신사라서 언제 또 사라질지는 모르겠지만 일단은 그렇습니다."

바율의 설명에 데스의 얼굴에는 실망의 기색이 스쳤다. 과거에 서로 좋지 않은 기억으로 마주친 적이 있다고 하더니 그때의 감정이 아직 남아 있는 모양이었다.

"그보다 개강 첫날부터 신학부와 마법학부가 패싸움을 벌인 바람에 교수님들이 넷이나 잘렸습니다. 신전에 별 영향이 없을까요?"

"내 신전 말이야?"

"네."

신학부의 교수는 교수임과 동시에 사제이기도 했다. 신전의 사제가 둘이나 잘린 셈이니 신전의 업무에도 차질이 생길 게 분명하다.

"내가 알 게 뭐야. 알아서들 하겠지."

"그래도 절망의 신전의 일인데……."

데스 본인이 그 절망의 신이었다. 사제라 함은 그를 모시는 자들인데, 이런 반응을 알게 되기라도 한다면 많이 섭섭할 것이다.

"원래 그런 일은 비일비재해. 어느 신전에나 정신 나간 놈들이 깔렸거든. 안 그래도 골치 아픈데 그런 것에까지 신경 쓸 겨를이 어디 있어."

"골치 아픈 일이요?"

"마계 일입니다. 약간의 문제가 생길 예정이라서요."

문제가 생긴 것도 아니고, 생길 예정이라고?

아몬의 이상한 답변에 바율이 고개를 갸웃하자 그의 감긴 눈이 아래로 처지며 반달 웃음을 그렸다.

"큰일은 아닐 겁니다. 해결을 위해 잠시 자리를 비우긴 할 테지만, 곧 돌아올 것이니 걱정 마십시오."

"마계로 가신다는 말씀인가요? 세 분 다요?"

그동안에도 아주 없던 일은 아니었다. 하나 이처럼 미리 말을 한 적이 없기에 상황이 새롭게 느껴졌다.

"응, 호출이야."

데스가 몹시 짜증스럽다는 듯 인상을 썼다.

"호출이라면 혹시……?"

"짐작하시는 게 아마 맞을 겁니다."

바율이 떠올린 건 마계의 왕, 마황 크루델리스였다. 데스는 마황의 군대를 이끄는 총사령관이라고 하였다. 그가 무슨 일로 데스를 부르는 것일까? 전쟁이라도 하려는 것인가?

뜬금없이 바율이 그런 상상을 하는데 불쑥 데스가 물었다.

"그 외 특별한 일은 없었나 보지?"

"…특별한 일이요?"

바율은 저도 모르게 시선이 자신의 손바닥으로 향했다. 패싸움보다도 별일이라면 별일일 것이다. 끊어진 생명선을 볼 때마다 바율은 내심 착잡한 기분에 휩싸이고는 했다.

"갑자기 손바닥은 왜 봐?"

데스가 수상하다는 듯 바율을 훑어보았다. 바율은 주방 쪽을 힐긋거리다가 근처에 리타가 없는 것을 확인하고 록하에게 손금을 봤던 이야기를 털어놓았다.

"그러니까 손금으로 미래를 보았다는 얘긴가?"

"일종의 예언일까요? 신탁과 같은?"

아몬이 흥미롭다는 듯 턱을 짚었다.

"손금으로 죽음을 내다볼 수 있는 학문이라…… 이거 퍽이나 신비롭군요. 저도 한번 보고 싶을 정도입니다."

바욜은 모르는 사실이지만, 아몬은 미래를 보는 눈을 가졌다. 그의 입장에서 록하는 대단히 흥미로운 상대였다.

"아예 죽는다는 것도 아니고, 다시 살아날 거라는데 얼굴이 왜 그 모양이래?"

인간이 아니기 때문일까. 데스와 아몬은 손금 내용을 전해 듣고도 일말의 걱정하는 기색조차 내비치지 않았다.

"묻고 싶은 게 있는데…… 혹시 마족은 죽었다가 다시 살아날 수도 있나요?"

"아주 불가능하진 않지. 온갖 짓을 해야 하지만 말이야."

"인간은 아닙니다. 더욱이 저와 같은 평범한 인간에게 그런 능력은 없습니다."

"네가 평범하다고?"

이보다 웃긴 말은 들어 본 적이 없다는 듯한 말투였다.

"사대 정령왕의 기운을 모두 담고 있는 인간의 입에서 나올 말은 아닌 것 같군."

"아, 그거야 뭐……."

"그리고 인간도 마족처럼 죽었다가 다시 살아나는 경우가 더러 있지."

"…예?"

바율은 순간 자신의 귀를 의심했다. 드래곤도 한 번 죽으면 끝이 나는 세상이질 않은가.

"언제나 예외는 있는 법이랍니다."

"더 자세히 말씀해 주실 수 있나요?"

바율이 탁자에 몸을 바짝 대며 아몬에게 청했다.

"많이 기다리셨죠? 오늘의 특선 요리 나갑니다!"

그런데 하필 그때, 바르가 한 손에 커다란 쟁반을 든 채 그들 앞에 나타났다. 그 쟁반의 중앙에는 바율이 이제껏 본 적 없는 엄청난 크기의 칠면조가 당당한 자태를 뽐내며 맨살을 드러내고 있었다.

"드셔 보십시오, 형님들!"

더 이상 데스와 아몬의 머릿속에 손금 따위는 남아 있지 않았다. 둘의 시선은 바르의 등장 이후 줄곧 칠면조에 고정되어 있었다.

'이따가 다시 물어야겠구나.'

지금은 뭘 물어도 대답을 듣기는 힘들다는 걸 바율은 그간의 경험으로 알고 있었다. 배를 두둑이 채운 후에 물어도 늦지 않는다. 어떤 특별한 얘깃거리가 숨어 있을지 바율은 먹는 둥 마는 둥 식사를 끝냈다.

3.

"바율, 무슨 생각을 그렇게 골똘히 해?"

언제나 그렇듯 주말은 순식간에 지나가고 월요일 아침이 찾아왔다. 오늘은 특별 조례가 잡혀 오전부터 아카데미 학생 전체가 강당에 집합했다.

안 그래도 사방이 꽉 막힌 실내에 전교생이 모이자 강당 안은 바로 옆 사람에게도 크게 소리 내어 말하지 않으면 잘 들리지 않을 정도로 소란스러웠다.

가뜩이나 곧 있을 중간고사 이야기, 주말에 있었던 일들, 축제 준비 등으로 유독 할 말이 많은 때이기도 했다.

"주말에 뭔 일 있었어? 정신이 완전히 딴 데 가 있는데?"

바율이 좀처럼 대화에 끼지 못한 채 멀겋게 서 있기만 하자 친구들이 걱정하며 바라봤다.

"너 황태자 때문이지?"

"…어?"

"황태자가 오면 의전을 어떻게 해야 할지 고민하는 거 아니야?"

"에이단, 그 전에 시험이라는 게 우리를 기다리고 있거든? 하지만 바율은 그보다는 록하가 얘기한 손금 때문일 거다. 내 말이 맞지, 바율?"

에이단과 일라이가 자신하며 추측했지만, 미안하게도 둘 다 아니었다. 그것들도 최근 바율의 심기를 혼란케 하긴 했으나, 지금 바율을 상념에 빠지게 만든 건 지난 토요일에 데스 형제와 나눈 이야기였다.

인간이 죽었다가 다시 살아날 수 있는 경우의 수.

하나 그 얘기를 하려면 데스 형제가 마족이라는 걸 들킬 수도 있었다. 최대한 말조심을 해 가며 털어놔야 할 것이다.

"그게…… 희한한 얘기를 들었어."

"희한한 얘기? 누구한테?"

"너 주말에 제대로 쉬기는 한 거야? 얼굴색이 갈수록 안 좋아지네."

퀸이 가느다란 눈으로 바율을 살피다가 녀석의 이마에 손을 짚었다.

"다행히 열은 없군."

"혹시 피곤한 거면 좀 쉬러 갈래?"

로건이 같이 가 주겠다면서 나섰지만 바율은 괜찮다며 거절했다.

"수상하네. 그럼 정령에 관한 거냐?"

"녀석들이 뭔 사고라도 쳤어?"

아니, 정령들은 요즘 너무나 잘 지내고 있다. 정령석이 있는 캐링스턴으로 돌아온 이후로 어느 때보다 쌩쌩하다.

중급 정령이 된 스피넬이 종일 떨어지지 않고 붙어 있으려 해서 학기 초반 바율을 좀 곤란하게 하긴 했지만, 지금은 방과 후에 보는 것으로 간신히 타협해서 나름의 개인 시간을 갖고 있었다.

"…내 손금을 보고 록하가 그랬잖아. 생명선이 끊어지긴 했지만, 다른 선에는 분명 미래가 보인다고."

"뭐야, 손금 얘기 맞네."

"그러면서 죽었다가 다시 살아나는 게 아닐까, 라고 했던 말…… 기억해?"

"당연히 기억하지! 완전 헛소리잖아, 그거!"

당시 상황이 떠오르자 친구들 대부분이 불쾌하다는 듯 인상을 찌푸렸다.

"지상 최고의 생명체라는 드래곤도 죽으면 다시 태어날 수 없다고 라이가 말했었지?"

"바율, 그건 너무 당연한 거야. 생명은 누구나 하나라고. 신조차 그럴걸?"

"그게 아닐 수도 있대."

"…뭐?"

"생명이 두 개인 사람도 있다고 했어."

그건 또 무슨 개소리냐?

말은 안 했지만 일그러지는 친구들의 표정은 딱 그랬다.

"누가 그런 망언을 하디? 그 자식도 록하처럼 손금이라도 보는 거냐?"

"주말에 어디 용한 점집이라도 갔었어?"

바율은 은근히 대답을 회피하며 설명했다.

"라이 말처럼 누구나 생명은 하나야. 하지만 특이한 경우가 있더라고."

"그러니까 그게 무슨 경우인데?"

"…태어날 때부터 기형적으로 심장이 두 개인 사람, 자신의 심장을 미리 안전한 곳으로 옮겨 놓은 사람. 이 경우엔 육체가 부서져도 부활 마법을 통해 다시 살아날 수가 있대."

"헐! 그런 마법이 있다고?"

에이단이 전혀 몰랐다는 듯 입을 쩍 벌리며 놀라움을 금치 못했다.

"죽은 육신에서 떠나려는 영혼을 억지로 잡아 놓는 방법도 있어. 죽은 사람과 산 사람의 몸을 뒤바꿀 수도 있다고 하고."

"대박! 완전 무시무시하다! 근데 그런 거 아무나 할 수 있는 건 아니겠지?"

"너 어디 가서 마족이라도 만나고 왔냐?"

"…어?"

갑작스러운 일라이의 물음에 바율은 가슴이 철렁했다.

"그거 다 저급한 마족들이나 하는 짓이잖아. 어차피 나중에 다 죽을 거, 꼴에 조금 더 살아 보겠다고 발버둥 치는 놈들. 생각만으로도 저열하지 않냐?"

"오래 살고 싶은 마음이 뭐가 나쁘냐? 나도 이왕 태어난 거 오래오래 살다가 죽고 싶구먼."

"순리대로라면 괜찮지. 하지만 바율이 말한 건 대부분이 그거에서 벗어난 거거든? 반드시 누군가의 희생이 따라야 한다고."

"…희생?"

"애초에 심장이 두 개인 자는 그렇다 치자. 육체는 사라졌지만 안전한 곳에 심장을 맡겨 놓은 자. 이자를 어떻게 부활시킬 건데? 육신을 어디서 데려올 건데? 당연히 멀쩡히 살아 있는 놈을 잡아다가 거사를 치르겠지?"

"……!"

거기까지는 미처 생각하지 못했다. 바율이 놀라는 걸 보고 그럴 줄 알았다는 듯 일라이가 말을 이었다.

"영혼을 억지로 붙잡아 두는 것도 그래. 그 영혼을 담으려면 새로운 몸뚱이가 필요하지 않겠냐? 죽은 자와 산 자의 몸을 뒤바꾸는 건 더 설명하지 않아도 되겠지?"

죽었다가 다시 살아날 수도 있다는 거에만 초점이 맞춰

진 탓에 전혀 따져 보지 않은 부분이었다. 데스와 아몬이 거기까지 말해 주지 않은 탓도 있지만, 처음부터 짐작했어야 했다.

"바율, 네가 그런 걸 견딜 수 있겠어? 누군가가 너 대신에 죽는다는 뜻인데?"

바율의 고개가 양옆으로 저어졌다. 이미 형을 먼저 떠나보냈다. 그 죄책감을 완전히 떨쳐 내지도 못했는데, 또다시 그런 상황을 만들 수는 없었다.

"야, 라이! 너 왜 그렇게 바율을 몰아붙이냐? 바율이 언제 그런다고 했어? 그냥 듣고 와서 하는 말이잖아. 네가 마족 얘기에 민감한 건 알겠는데, 적당히 좀 하지?"

"바율에게 화내는 게 아니라, 그냥 모르는 것 같아서 알려 주는 것뿐이야."

"어휴, 그래 너 많이 알아서 좋겠다! 바율 딴에는 심란해서 그러는 걸 텐데 친구라는 게 초나 치고 말이야. 안 그러냐, 퀸?"

"…뭐?"

"뭐야, 이 와중에 딴생각 중이었냐? 그러고 보니 넌 치료 능력도 있잖아. 죽은 사람은 못 살려 내냐? 방법 없어?"

에이단은 별생각 없이 물은 말이었다. 그런데 별안간 퀸의 안색이 급격하게 어두워졌다. 무슨 상상을 하는지 그답지 않게 눈동자가 크게 요동쳤다.

그에 다들 이상하다는 듯 퀸을 쳐다보는데, 강당의 앞문
이 열리며 교수님들이 들어오기 시작했다. 시끌시끌하던
강당의 소음들이 자연스레 잦아들었다.

"이사장님도 오셨네?"

"총장님까지 총출동이야."

예정에 없던 조례였기에 무엇 때문인지 전혀 아는 바가
없었다. 학생들이 저마다 이유를 늘어놓으며 수군거렸지
만, 아직 확실한 것은 아무것도 없었다.

"…어라? 처음 보는 분들이 있네?"

그러던 차 에이단의 날카로운 시선에 그간 본 적 없는 얼
굴들이 들어왔다.

"알겠다! 새로운 교수님들인가 봐!"

"벌써?"

최소 한 달 이상은 걸릴 줄 알았는데, 일러도 상당히 이
르다. 캐링스턴 아카데미는 높은 교육 수준을 자랑하는 곳
이었고, 그걸 만족시킬 수 있는 이들을 찾기란 결코 쉽지
않은 일이었을 것이다.

"이사장님 대처 능력 장난 아닌데?"

에이단이 나지막한 목소리로 새로운 교수라 짐작되는 이
들을 콕콕 찍었다.

"너희들은 모르겠지만, 이래 봬도 내가 도서관에서 일하는 근로 장학생이잖냐. 교수님들 얼굴은 전부 쫙 꿰고 있지."

에이단이 갑자기 일라이에게로 몸을 기울였다.

"근데 라이, 별로 이상한 사람은 눈에 띄지 않는데? 그래도 나름 신경 써서 데리고 오셨나 봐."

바율이 보기에도 그랬다. 새로운 이들 중 누구도 별다른 특이 사항을 발견할 수 없었다. 굳이 꼽으라면 한 명이 엄청난 미인이라는 것 정도일까?

잠잠하던 실내가 다시금 북적이게 된 것도 그 미녀의 등장 때문이었다.

그녀는 멀리서도 대단히 빛나는 존재였다.

새하얀 피부에 허리 아래로 굽이치는 푸른색 머리칼, 사파이어 보석을 박아 놓은 듯 반짝이는 새파란 눈동자에 고혹적인 입술. 환상적인 몸매와 화려한 이목구비는 그저 덤이었다.

황실 사교계의 여왕이라던 카트린느 영애도 그 옆에 선다면 너무나 평범해 보일 정도로 압도적인 외모의 소유자였다.

흡사 일라이와 라예가르를 보는 느낌이랄까.

당연히 셋의 외모는 각양각색이지만, 마치 이 세계의 사람이 아닌 것 같은 착각을 불러일으키는 범접할 수 없는 그런 분위기가 꼭 닮아 있었다.

이노센트가 다 자라면 저런 모습이 되지는 않을까?

그녀의 머리칼과 눈동자, 그리고 푸른색 드레스 때문인지 순간 바율의 머릿속에 든 상상이었다.

"안녕, 여러분."

라예가르가 단상의 중앙으로 가 손을 흔들며 학생들에게 인사했다. 그는 정의 구현자답게 학생들에게 인기가 좋았다. 아이들이 우레와 같은 박수로 그를 환영하자 라예가르의 입꼬리가 환하게 올라갔다. 그 그림 같은 미소에 남녀 할 것 없이 많은 아이들이 넋을 놓았다.

"다들 짐작했겠지만, 오늘 우리가 이렇게 강당에 모인 건 새로운 교수님들을 소개하기 위해서다. 말이 길면 지루하겠지?"

라예가르가 한쪽 눈을 찡긋하더니 신호를 보냈다. 그러자 에이단이 콕 찍었던 네 사람이 앞으로 걸어 나왔다.

"와아아!"

대단한 미녀의 등장에 안 그래도 홀려 있던 아이들의 입에서 탄성이 쏟아졌다. 인형이 살아 움직이는 듯한 느낌이었기 때문이다.

그 감탄이 자신 때문이라는 걸 잘 아는지 미모의 여인이 화답이라도 하듯 화사한 미소를 지었다.

"새로운 신임 교수의 이름을 차례로 나열할 테니 잘 기억하도록."

라예가르가 왼쪽부터 천천히 그들을 소개했다. 문제의 (?) 교수는 맨 마지막이었다. 세 번째 교수의 소개가 끝나자 여기저기서 헛기침 소리가 들려왔다. 집중해서 듣겠다는 의지가 아주 대단했다.

"세라리카. 무려 6서클의 중견 마법사다. 마법학부 교수로 내가 친히 어렵게 모셔 온 분이지."

자신의 이름이 호명되자 세라리카 교수가 반갑다는 듯손을 흔들었다. 이전과 달라도 너무 다른, 엄청난 박수갈채가 그녀에게 쏟아졌다.

아름다운 외모에 실력까지 겸비했으니 인기는 이미 떼놓은 당상이었다. 마법학부생들이 부럽다는 듯 다른 학부생들의 목소리가 마치 곡소리처럼 강당에 번졌다.

그런데 언제부터였을까?

"…라이?"

일라이가 말이 없었다. 녀석이 석상처럼 굳은 채 단상을 바라보고 있었다. 그런 녀석의 얼굴은 왠지 겁에 질린 것처럼 보이기도 했다.

"…라이, 너 괜찮아?"

낯선 일라이의 모습에 공연히 바율도 불안해졌다. 녀석

의 표정으로 보건대 필시 새로운 교수 중 누군가를 알아본 것이다. 좋지 않은 느낌이 강하게 들었다.

"갑자기 왜 그래? 혹시 아는 분들이야?"

에이단이 뒤늦게 이상함을 감지하고 물었지만, 일라이는 여전히 온몸이 굳은 채 단상 위만 쳐다보고 있었다.

"설마 저 교수님들, 겉보기만 멀쩡한 건 아니지?"

일라이의 반응은 바욜과 친구들에게 많은 상상을 불러일으켰다. 일전에 그가 했던 말이 있는 탓이다.

만약 이사장과 같은 괴짜가 넷이나 더 생긴 거라면, 그건 아카데미가 망조를 걷는 지름길의 첫 시작이 될 터였다.

"아 씨, 왜 말이 없어? 그새 벙어리라도 됐냐?"

"에이단."

조례 중이니 목소리가 너무 커서는 안 되었다. 바욜이 손가락으로 입술을 가리자 에이단이 소리를 낮추며 홀로 투덜거렸다.

"아니, 대체 누굴 그렇게 보는 건데?"

얼마나 답답했으면 녀석이 본인의 가슴을 주먹으로 서너 번 내리쳤다.

"…너 혹시 세라리카 교수님 때문이냐?"

새로운 교수들은 단상에 나란히 선 상태였다. 일라이의 시선을 유심히 쫓아가 보니 그 끝에 라예가르가 마지막으로 소개한 세라리카 교수가 있었다.

"다른 애들처럼 첫눈에 반한 것 같지는 않고…… 설마 라이, 네 첫사랑이라도 돼?"

"첫사랑?"

에이단의 뜬금없는 추리에 퀸이 황당하다는 듯 쇳소리를 내며 반문했다.

"얘 얼빠진 것 좀 봐라. 너희는 언제 라이가 이런 얼굴 한 거 본 적 있어?"

"있지."

"…있다고?"

로건의 짤막한 대꾸에 에이단이 와락 인상을 구기며 그를 쏘아봤다.

"그게 언젠데?"

"이사장님 처음 오신 날."

"아……!"

생각해 보면 그때와 비슷하긴 하다. 일라이가 소름 끼치게 싫어한다는 말을 건네면서 환하게 웃으며 다가왔던 이사장의 첫인상은 그야말로 친구들의 머릿속에 그대로 각인될 정도로 인상적이었다.

"그렇다면…… 혹시……?"

에이단의 음성이 돌연 엄숙해졌다. 녀석의 모이라는 손짓에 일라이를 제외한 친구들이 반사적으로 몸을 기울였다.

"나 알아낸 것 같아."

비밀을 털어놓기라도 하듯 에이단이 작게 속삭였다.

"새어머니."

"…뭐?"

"양부를 보고 그렇게 놀랐었잖아. 이번엔 양모를 보고 놀란 거겠지. 부부는 닮기 마련이거든. 그리고 설마 이사장님이 저 미모로 싱글이시겠냐?"

"그러니까 네 말은 세라리카 교수님이 이사장님의 아내이자 라이에겐 수양어머니시다?"

"딩동댕! 마법 공부를 하시다가 만난 게 틀림없어! 저분들의 외모를 감히 누가 감당할 수 있겠냐? 서로가 아니면 절대 안 될걸?"

친구들의 눈빛엔 신뢰가 전혀 없었지만, 에이단의 확신은 갈수록 깊어 갔다.

"당장 마법학부 교수 자리가 급하니까 어쩔 수 없으셨던 것이겠지. 이야, 내 추리력에 감탄을 금치 못하겠다. 어떻게 이런 생각을 해낼 수 있지? 안 그러냐?"

에이단의 자화자찬에 바율과 친구들은 그저 조용히 몸을 돌렸다. 더 말을 섞었다가는 녀석의 뒤통수에 주먹을 날리게 될까 봐 두려웠다.

"…아니야."

한동안 아무 말이 없던 일라이가 입을 연 것은 그때였다. 그에 친구들이 돌아보자 그가 잘 들으라는 듯 또박또박 힘주어 말했다.

"내 어머니 아니라고."

"…뭐야, 다 듣고 있었어?"

정신이 완전히 딴 데 가 있는 줄 알았는데 아니었던 모양이다. 에이단이 기회를 틈타 서둘러 물어봤다.

"그럼 누군데 그런 얼굴을 하는 거냐? 아는 사람이긴 해?"

"잘 알지."

"호오, 그래? 누군데?"

"…날 부정하는 존재."

"부정하는…… 뭐?"

"또 다르게 말해 줄까?"

황당해하는 친구들에게 일라이가 차가운 표정으로 한마디 더 보탰다.

"내가 이 세계에서 사라지길 바라는 사람."

"라, 라이……!"

고저 없는 음색 탓이었을까. 바율은 어쩐지 소름이 쫙 끼쳤다. 그 순간, 기이하게도 강한 증오와 분노가 일라이에게서 느껴졌다.

"가 봐야겠어."

느닷없이 일라이가 강당 밖으로 뛰쳐나갔다. 그사이 조
례가 끝나면서 이제 막 학생들이 흩어지고 있었다. 바율과
친구들이 따라가려 했지만, 붙잡을 새도 없이 일라이의 붉
은색 머리가 인파 속으로 빠르게 사라졌다.

"라이!"

바율이 소리쳐 불러도 소용없었다. 이제 곧 수업이 시작
될 건데 뭘 어쩌려는 것인지 걱정이 되었다.

"딱 봐도 이사장님한테 따지러 가는 것 같지?"

"괜히 갔다가 더 열이나 받고 오는 건 아닌지 모르겠군."

"우리도 가 봐야 하지 않을까?"

"지금은 그냥 두는 게 좋을 것 같아."

일라이가 힘들면 언제든 도울 준비는 되어 있었다. 하나
좀 전의 녀석의 태도로 보아 이사장님을 보자마자 고래고
래 악을 쓰며 화를 낼 것이 분명하다. 그럴 땐 피해 주는 것
이 예의였다.

하지만 그 추측은 반은 맞고 반은 틀렸다.

"……!"

그럴 목적이긴 했지만, 일라이는 그럴 수가 없었다. 녀석
이 이사장실의 문을 연 순간, 그곳에 그녀가 있었기 때문이
다.

일라이의 존재가 지워지길 바라는 여자.

세라리카.

그녀가 라예가르와 함께였다.

"안 들어오고 뭐 해?"

일라이는 다시금 얼어붙었다. 이미 조금 전에 직접 보았음에도 그녀를 마주한 순간 저절로 몸이 반응했다.

"그사이 더 멍청해진 건가?"

세라리카의 아름다운 얼굴이 아주 서서히 일그러졌다. 일라이를 빤히 바라보던 그녀가 고개를 살짝 꺾자, 일라이의 몸이 스르륵 당겨지며 뒤로는 문이 쾅 하고 세게 닫혔다.

"넌 인사도 안 하니?"

일라이가 멈춘 곳은 세라리카의 바로 앞이었다. 그녀가 다리를 꼬고 앉아 미소를 지으며 턱을 치켜들었다.

"왜 입이 안 열려? 그것도 내가 억지로 벌려야 해?"

"그만해, 세라."

라예가르가 중재하지 않았다면 몸이 멋대로 움직였듯 입술 역시 제멋대로 벌어졌을 것임을 일라이는 알고 있다. 세월은 흘렀지만, 여전히 그녀 앞에서 자신은 아무 힘도 발휘하지 못하는 얼뜨기란 사실만을 자각했다.

"놀라서 달려온 녀석에게 장난은 그만둬."

"내가 무슨 장난을 쳤다고 그래? 반가워서 인사 좀 한 것 가지고 엄살은. 안 그러니, 킬리안?"

세라리카가 일라이의 옛 이름을 부르며 방긋 웃었다. 아름답기가 이루 말할 수 없을 정도였지만, 그 속에 담긴 건 절대적으로 아름다움과는 거리가 있었다.

"…제가 진정 반가우십니까?"

일라이의 붉은색 눈동자가 세라리카를 곧이 응시했다. 그런 녀석의 눈빛에 더 이상 두려움은 없었다. 오로지 분노 뿐이었다.

"넌 아니라는 소리로 들린다?"

"하핫, 그럴 리가요. 이렇게 달려온 거 보면 모르시겠습니까?"

"여긴 내 사무실이 아닌데?"

"아버지와 함께 계실 거라 짐작했습니다. 아카데미에서의 첫날이신 만큼 이런저런 설명이 필요하실 테니까요."

평소와 달리 라예가르를 아버지라 칭하는 일라이의 모습은 언뜻 비장함이 비칠 정도였다. 그것이 우습다는 양 세라리카의 한쪽 입꼬리가 말려 올라갔다.

"훗, 둘러대는 건 여전하네. 입만 산 것도 그렇고."

"곧 수업 시작할 시간이다. 라이, 넌 그만 가 봐라."

"라이? 여기서 불리는 이름인가?"

그 이름을 입에 담았다는 것 자체가 불쾌하다는 듯 세라리카의 고운 이마에 핏줄이 돋았다.

"일라이. 줄여서 다들 라이라고 부릅니다."

"촌스럽긴 하지만 부르기는 쉽겠네. 그래, 재미는 있니?"

"……."

"살려 준 은혜도 모르고 불까지 내며 도망을 쳤으면 재미라도 있었어야지. 그래야 네 아버지의 면이 좀 서지 않겠니?"

"…왜 오신 겁니까?"

"어머나! 되게 불만 가득한 목소리다, 너?"

세라리카가 소파에 등을 기대며 일라이를 올려다보았다. 그녀는 강당에서와 마찬가지로 연신 웃음을 짓고 있었다.

처음엔 저 미소를 믿었었다. 하지만 이제는 속지 않는다. 더는 바보처럼 굴지 않을 것이다.

"나 그냥 돌아갈까?"

"이미 거래는 끝났어."

라예가르의 엄한 말투에 세라리카가 과하게 기죽은 듯한 제스처를 취했다.

"들었지? 네 아버지 말이 좀 무서워야지."

"적성에 전혀 맞지 않으실 텐데, 괜찮으시겠습니까?"

"내 적성에 안 맞는다고 누가 그래? 라예가르, 당신이 그랬어요?"

"아이. 특히 저 같은 아이라면 질색하시잖아요."

그녀의 베일 듯한 눈빛, 송곳 같던 말들. 하나도 잊지 않고 모조리 기억하고 있었다. 일라이가 아는 한 그녀는 이곳에 올 이유도 없지만, 와서도 안 되는 인물이었다.

"질색이라……."

세라리카가 곰곰이 생각하듯 조용히 읊조렸다. 하지만 다음 순간 얼음장 같은 살기가 그녀에게서 쏘아졌다.

"킬리안, 네가 뭔가 착각하나 본데 너는 질색이란 말과는 어울리지 않아. 굳이 비슷한 말을 찾아보자면…… '쓸모없다' 정도가 맞지 않을까?"

"세라!"

라예가르가 끼어들었지만, 그녀는 독설을 멈추지 않았다.

"세상엔 존재해서는 안 되는 것이 딱 두 개 있다고 했지. 인간을 탐내는 마족과 그리고…… 너."

백 번, 천 번도 더 들었던 말이었다. 이제는 무뎌질 법도 하건만, 어째선지 매번 들을 때마다 가슴이 찔리며 심장이 내려앉는다. 일라이에게 상처를 줄 생각이었다면 탁월한 선택이 아닐 수 없었다.

"나가."

라예가르가 눈을 감은 채 명령했다.

"안 나가?"

처음엔 일라이에게 하는 소리인 줄 알았다. 뒤늦게 그 대상이 자신임을 깨닫고 세라리카가 어이없어하자 라예가르가 뇌까렸다.

"감히 내 아들을 마족 따위와 비교해? 그것도 내 앞에서?"

고오오오!

대기가 요동쳤다. 라예가르는 처음 그 자세 그대로 가만히 있었지만, 그의 주변으로 소용돌이가 일듯 거센 바람이 몰아쳤다.

라예가르가 이토록 격노할 줄은 몰랐는지 세라리카의 얼굴이 하얗게 질렸다. 평소 잠잠하던 이가 화를 내면 대형 사고를 치는 법이다. 그리고 라예가르는 그럴 만한 능력이 충분히 있었다.

"그만하세요. 여긴 레어가 아닙니다."

라예가르의 분노를 잠재운 건 일라이였다. 아들의 만류에 라예가르가 언제 그랬냐는 듯 기운을 싹 거두었다.

"이럴 거 모르고 데려오신 것도 아니잖아요."

"킬리안……."

"나가 보겠습니다."

돌아서던 일라이가 잠시 멈추고 부탁했다.

"수업 시간에 마주쳐도 아는 척은 하지 말아 주십시오. 되도록 못 본 척해 주시면 더더욱 고맙고요."

예전이나 지금이나 그녀가 바라는 것은 오직 하나였다.

일라이가 이 세상에서 사라지는 것.

자신의 존재를 거부하는 자에게서 수업을 들어야 하는 뭣 같은 상황이 펼쳐진 것이다.

일라이는 자신을 싫어하는 세라리카보다 라예가르가 더 원망스러웠다. 이렇게 될 거라는 걸 뻔히 알면서도 굳이 이런 상황을 벌였다. 그 속셈이 뭔지는 모르겠지만, 확실한 것은 하나 있었다.

일라이의 마음속에서 그는 한 걸음 더 멀어졌다는 것.

만년필을 버려야 할 시기가 점점 다가오고 있었다.

Chapter 10.

급박한 소식

1.

"헐! 너희 소식 들었냐? 황태자가 온대!"

저녁 식사 시간이었다. 시험을 코앞에 둔 많은 학생들이 노트와 책을 펼친 채 허기진 배를 채우고 있었다.

"이게 믿겨 지냐? 황태자가 어떻게 여기를 오지?"

양손에 각각 빵과 닭 다리를 들고는 슈빅이 흥분해서 외쳤다. 녀석의 입가에는 열심히 먹다가 온 흔적이 고스란히 묻어 있었다.

"가을 축제 때 사람 완전 바글바글할 텐데, 황태자 오는 거 소문이라도 나면 진짜 미어터지겠다! 정상적으로 걸어 다닐 수는 있을라나?"

황태자가 아카데미를 방문한다는 공문이 정식으로 아카데미에 도착한 모양이었다. 슈빅이 오랜만에 들떠서는 테이블 주변을 방방 뛰었다.

"의전을 누가 하게 될까? 나도 할 수 있을까? 나 황태자 얼굴 본 적 한 번도 없거든! 이참에 그레이스 황녀님도 같이 왔으면 좋겠는데, 그건 무리겠지?"

슈빅이 꿈에 부풀어서는 먼 허공을 응시하며 닭 다리를 세게 뜯었다. 녀석의 입이 오물오물 만족스럽게 운동했다.

"…근데 이 분위기는 뭐지?"

고기가 입에 들어가고 나서야 뭔가 좀 느껴졌나 보다. 녀석이 말없이 식사에 집중하는 친구들을 수상하다는 듯 노려보았다.

"나 여태 누구랑 얘기한 거냐? 왜 다들 대꾸가 없어?"

"정신없으니까 앉기나 해."

결국 정리에 나선 건 에이단이었다. 녀석이 손짓으로 빈 의자를 가리켰다.

"우 씨, 너희들 황태자 오는 거 알고 있었지? 그치?"

에이단이 시키는 대로 앉긴 했지만, 슈빅의 표정은 이미 사나워질 대로 사나워져 있었다.

"근데 왜 말 안 했어? 어떻게 그럴 수가 있냐! 나한테는 먼저 말했어야지!"

어떤 소식이든 항상 먼저 알아야만 직성이 풀리는 녀석이었다. 슈빅이 진심으로 서운하다는 듯 고래고래 소리를 질러댔다. 덕분에 식당의 눈들이 일행에게로 쏠렸다.

"야, 조용히 안 해? 여기 밥 먹는 곳이거든!"

"아 씨, 내가 알 게 뭐야!"

골이 잔뜩 난 얼굴로 슈빅이 자르지도 않은 커다란 빵을 통째로 입에 쑤셔 넣었다. 그러곤 보란 듯이 우걱우걱 씹어댔다.

"내가 너 이래서 말 안 해 준 거다."

"뭐야?"

"미리부터 설레발치면서 얼마나 우리를 들들 볶았겠냐? 어우, 생각만으로도 피곤하다, 피곤해!"

"…그건 좀 이상한 말인데?"

갑자기 슈빅의 움직임이 뚝 멈췄다.

"황태자가 오는데 내가 너희를 왜 볶아? 오면 오는 걸로 끝이지, 너희가 뭔데?"

에이단이 뜨끔하며 시선을 접시로 내렸다. 원망이 담긴 친구들의 눈초리가 쏘아졌지만 애써 모른 척 눈길을 피했다.

"뭔가 냄새가 나."

이제 슈빅의 손에는 닭 다리뿐이었다. 녀석이 그걸 먹지는 않고 친구들을 하나하나 가리켰다.

"너희, 뭐 있지? 뭐냐? 빨리 말 안 해 줄 거야?"

바율은 난감했다. 아직 아카데미 측에서 바율에게 정식으로 요청하지 않은 상황이었다. 그렇기에 먼저 밝히기가 조금 껄끄럽다.

"넌 그 입이나 좀 닦지 그래?"

그런 바율의 심정을 눈치챈 것일까. 퀸이 눈가를 찌푸리며 슈빅에게 말했다.

"내 입이 왜? 뭐 묻었어?"

손등으로 대충 입가를 훔치는 슈빅을 향한 퀸의 시선에 한숨이 더해졌다.

"슈빅, 여기."

바율이 냅킨을 건네주자 슈빅이 날름 받아서 슥슥 입 주변을 닦았다.

"고맙다, 바율. 날 진정 친구라고 여겨 주는 건 역시 너뿐이야."

"냅킨 하나에 너무 많은 의미를 부여하지 마라."

"질투하냐?"

"질투가 뭔데?"

에이단의 되물음에 슈빅이 쯧쯧 혀를 차더니 이번엔 다짜고짜 일라이에게 물었다.

"그러고 보니 라이, 새로 오신 세라리카 교수님 말이야.

수업 시간에 그렇게 다정다감하시다고 하던데, 진짜냐? 목소리에서 꿀이 떨어진다며?"

"…꿀?"

"어! 별명이 벌써 얼마나 많이 생겼는지 몰라. 개중 난 햇살 여신! 이게 제일 마음에 들더라!"

"해…… 무슨 여신?"

듣지 말아야 할 걸 듣기라도 한 듯 일라이의 표정이 일그러졌다. 그녀의 정체를 아는 이들이 듣는다면 어이가 없다 못해 기절하고도 남을 법한 소리였다. 바람의 신사보다도 더 기가 막힌 말이었다.

"넌 마법학부생이면서 동의하지 않는가 보다? 그 외 미의 여신, 상냥의 여신, 다정의 여신 등 엄청나게 많은데, 몰랐어?"

"여신이라는 단어는 빠지지 않고 들어가는군."

"당연하지! 내 생전에 세라리카 교수님처럼 생긴 사람은 처음 본다니까?"

아카데미의 많은 남학생이 혼자만의 사랑에 빠졌다고 들었다. 슈빅도 그중 하나임이 분명하다.

"이럴 줄 알았으면 기사학부가 아니라 마법학부에 들어갔어야 했어. 내년에 편입이라도 할까 봐."

"그럴 실력은 되고?"

에이단의 기습 공격에 슈빅은 답하지 못했다. 그저 친구를 향해 눈을 크게 부릅떴을 뿐이다.

마법사가 되기 위해선 방대한 양의 수식을 외우고 익히며 그것들을 자유자재로 구사할 수 있어야 했다. 당연히 육체 단련을 중히 여기는 기사학부와는 공부하는 방식에서부터 많은 차이가 있었다. 아직까지 맞춤법도 잘 익히지 못한 녀석이 마법학부 편입이라니, 꿈에서도 꾸지 말아야 할 이야기였다.

"농담도 못 하냐? 마음이 그렇다는 거잖아."

"얼른 마저 먹고 가서 시험공부나 해라. 우리도 밥만 먹고 바로 흩어져서 공부해야 하니까."

에이단이 슬쩍 일라이의 눈치를 살피며 슈빅을 떠밀었다. 아직 일라이에게서 강당에서의 일에 대해 제대로 된 설명을 듣지 못했다. 뭔가 사연이 있는 건 틀림없는데, 그것이 그리 좋은 사연은 아닌 것 같아 아무도 묻지 못하고 있는 상태였다.

일라이가 스스로 말하고 싶어질 날이 오면 그때 들어 주는 것이 친구인 그들이 할 일이었다. 슈빅이 헛소리를 더 하기 전에 막아야 했다.

"나도 같이하면 안 돼?"

"이번엔 각자 방에서 조용히 공부하기로 했어. 그러니 당연히 안 되지."

"정리 노트는?"

"맡겨 놨냐?"

"네가 라이 대변인이야? 난 라이한테 부탁하는 건데, 왜 자꾸 네가 대답해?"

"어! 오늘은 내가 대변인이다. 그러니 썩 꺼져라!"

"아 놔, 이게 진짜!"

에이단 딴에는 심기 불편한 일라이를 지켜 주는 것이었지만, 슈빅 입장에선 훼방꾼일 뿐이었다.

계속 끼어들어 방해하는 에이단이 진심으로 짜증 난다는 듯 슈빅이 버럭 화를 내는데, 갑자기 로건이 의자를 물리며 자리에서 일어났다. 그의 커다란 키에 저도 모르게 압박감을 느끼며 슈빅이 주춤거렸다.

"무슨 일이지?"

"…어?"

난데없는 로건의 질문에 슈빅이 어리둥절해하는 찰나였다.

"그게 말이야……."

슈빅의 등 뒤에서 자그마한 목소리가 날아들었다. 다급히 돌아보자 뜻밖에도 나단이 다가와 있었다. 뭔가 할 말이 있는 듯한 얼굴이었다.

"나단, 네가 여기 어쩐 일이야?"

나단은 방학 전 자레드의 괴롭힘을 이겨 내지 못하고 끔찍한 선택을 했다가 정령의 도움으로 무사히 목숨을 건진 적이 있었다. 몸에 별다른 이상은 없었지만, 정신적 충격이 컸기에 오랜 기간 상담 치료를 받아 왔다.

　이따금 아카데미 내에서 오며 가며 마주칠 때마다 먼저 후다닥 피하는 모습만 보곤 했는데, 오늘은 무슨 일인지 의아했다.

　"진작 찾아왔어야 했는데 이제 와서 미안해."

　나단의 첫 마디는 생각지도 못한 말이었다. 본인의 잘못을 들키고도 원망을 하면 했지, 진심으로 사과는 하지 않았던 녀석이기 때문이다. 당황한 나머지 바율은 물론, 전부 일순간 할 말이 떠오르질 않았다.

　나단이 고개를 푹 수그리며 다시 어렵게 입을 뗐다.

　"고맙다는 말을 꼭 하고 싶었어. 내가 미웠을 텐데……. 그날 말리려고 와 줘서 정말 고마웠어."

　녀석을 진정시키려 한 말이 도리어 자극이 되어 파국을 맞을 뻔했다. 그때의 아찔했던 기억이 떠오르자 바율은 다시 한번 다행이란 생각이 들었다.

　"내가 이렇게 살아 있는 건 다 너희 덕분이야. 날 보러 가끔 신전에 왔었다며?"

　"아…… 그건 네가 어떤지 좀 걱정이 돼서……."

"훗, 너희들은 정말 특이해. 그래서 자레드 자식이 그토록 싫어했던 건가 봐."

"……?"

"나 같은 아이에겐 보통 아무도 관심을 갖지 않거든. 이전에도 그랬지만, 자레드의 눈 밖에 나고 나서는 더 심했지."

"그 자식은 이제 여기 없어. 그러니 더는 별일 없을 거야."

"알아, 나도. 마르세이 아카데미에 들어갔다고 하더라."

"알고 있었구나."

"거기로 도망치려고 했었거든."

아이들의 수군거림 속에서 버텨 낼 자신이 없었다. 그래서 방학 동안 편입할 곳을 알아보던 중 자레드가 마르세이에 거액의 기부금을 내고 입학했다는 얘기를 접했다.

"하마터면 또다시 악의 소굴로 들어갈 뻔했지."

그랬으면 어떻게 되었을까?

나단이 정신을 차린 건 그 순간이었다. 도망은 해답이 아니라던 로티어스 교수의 조언이 머릿속에 번개가 치듯 떠올랐고, 처음으로 다르게 살고 싶다는 생각을 가졌다.

물론 그 생각을 실천으로 옮기는 데에는 시간이 꽤 필요했다. 하지만 꾸준한 노력 덕에 차차 나아졌고, 그러다 지금처럼 용기를 낼 수도 있었다.

"축하한다."

"…어?"

"악의 소굴을 탈출한 거 말이야."

"그거 보통 일이 아닐 텐데, 대단하네. 나도 축하해."

에이단에 이어 일라이까지 나단을 향해 축하의 말을 전했다. 과거에 자레드와 어울리며 많은 실수를 저질렀던 녀석이지만, 이 정도면 거의 개과천선이었다. 진정 놀라운 일이 아닐 수 없었다.

"너희들은 정말 못 당하겠다니까. 어떻게 그런 말을 하고, 그런 눈으로 나를 볼 수 있는 건지……."

지난 과오가 떠오르자 나단은 쥐구멍에라도 숨고 싶은 심정이었다.

"내가 했던 말들은 잊어 줘. 전부 진심이 아니었어. 그저 너무 절망적이어서 그랬던 거라고 생각해 주었으면 해."

"나단, 우린 이미 다 잊었어. 네가 이렇게 건강해졌으면 그걸로 된 거지. 먼저 찾아와 줘서 나야말로 고마워."

"그래, 앞으로는 잘 지내 보자."

일행의 환대에 나단은 청승맞게도 왈칵 눈물이 나려고 했다. 큰 잘못을 해 놓고 너무나 쉽게 용서받는 것 같아 더 미안하기도 하다.

"바율, 넌 체스 대회에 나갈 거지?"

눈동자에 맺힌 물기를 털어 내며 나단이 바율에게 물었다.

"응? 체스라니?"

"축제 때 말이야. 자레드를 꺾었을 정도니 체스 대회에 나가도 어렵지 않게 우승할 것 같아서. 내가 열심히 응원할게."

나단은 까마귀 둥지에서 자레드 자식을 멋지게 물리치던 바율의 모습을 기억하고 있었다. 블러드 오브 드래곤을 그렇게 마시고서도 정신을 잃지 않고 체스에 집중하던 그때의 장면이 꽤 인상 깊게 머리에 남았다.

"아, 참! 바율이 체스를 잘 뒀지?"

여타의 문제들로 전혀 염두에 두지 못했던 일이었다. 친구들이 바율에게 모여들더니 체스 대회를 강력하게 추천했다.

"승마는 마음에 좀 걸린다면서. 너한테는 체스가 딱이지 싶다."

"…내가 그걸 할 시간이 있을까?"

황태자의 의전 활동에 방해가 되지는 않으려나?

"네가 없을 땐 우리가 있잖아. 1학년 사절단의 위엄을 보여 주자고!"

바율은 가을 축제에 체스 대회가 있다는 걸 지금 알았다. 체스는 그가 온전히 혼자만의 힘으로 해낼 수 있는 몇 안 되는 것들 중 하나였다. 그래선지 내심 욕심이 났다.

이번 방학에는 아버지와 종종 체스를 두곤 했었는데.

내 실력은 어느 정도나 될까?

대회에 나가면 떨지 않고 잘할 수 있을까?

바율, 꼭 우승해야 해!

아버지는 널 믿는다!

아직 축제는 시작하지도 않았건만, 어디선가 형과 아버지의 응원의 목소리가 들려 오는 것만 같았다.

2.

"커닝 집사님, 영주님께서 찾으십니다."

"지금 말이냐?"

"네, 이 층 서재에 계십니다."

커닝 집사가 고개를 갸웃하며 시계를 꺼내 보았다.

"아직 한 시간도 채 지나지 않았는데……."

저녁 식사 때까지는 혼자 있을 것이니 아무도 방해하지

말란 엄명을 내리시고 조금 전에 서재로 들어가셨다. 그사이 다른 할 일이 생각나기라도 하신 것인가?

서류 작성하던 것을 일단 멈추고 커닝 집사가 서둘러 서재로 향했다.

똑똑.

"영주님, 부르셨습니까."

하지만 커닝 집사가 서재의 문을 열고 안으로 들어갔을 때, 그곳은 기대와 달리 텅 비어 있었다. 의아함은 잠시였다. 곧 기계가 돌아가는 소리와 함께 한쪽 책장이 스르륵 열리며 새로운 공간이 나타났다.

"이쪽이네."

그리고 그곳으로부터 란데르트 공작의 목소리가 들려왔다.

"…여기 계셨습니까?"

기억하기로 꽤 오랫동안 이곳을 찾지 않으셨다. 어쩌다가 한 번씩 들르시던 곳을 바일 도련님이 돌아가신 이후로는 아예 발길을 딱 끊으셨었다.

"문득 생각이 나서 말일세."

란데르트 공작은 초상화를 바라보고 있었다.

"참 아름답지 않은가?"

그림 속 그의 여인은 여전히 처음 만났던 그때처럼 환한 미소를 짓고 있었다. 저 미소에 반해 처음으로 사랑이란 감정에 빠졌고, 혼인을 하고 아이도 낳았다. 그렇게 계속 쭉 그대로 행복하게 지낼 줄 알았다.

"이제서야 드리는 말씀이지만, 돌아가신 마님께선 외모보다 마음씨가 훨씬 고우셨던 분입니다. 그래서 저를 포함한 성내 하인들이 성심을 다해 모셨지요."

"그건 지금도 고맙게 생각하네."

이베트의 신분을 가지고 제국 전역에서 떠들어 댈 때, 정작 그의 성은 웃음이 끊이질 않았었다. 그녀에겐 사람을 무방비 상태로 만드는 어떤 기이한 매력 같은 것이 있었다. 란데르트 공작이 그것에 끌렸듯 하인들 역시 마찬가지였다.

"당연한 것을 어찌 고맙다 말씀하십니까? 가끔 내리는 비를 보고 있으면 마님이 생각나고는 합니다. 이 비를 마님께서 뿌리는 것은 아닐까 하고 말이죠."

"홋, 자네도 그런 상상을 한단 말인가?"

"영주님께서도 그리 생각하셨단 말씀입니까?"

"비를 유난히 좋아했었으니까."

"네, 그 비를 다 맞으시고도 감기 한 번을 안 걸리셨지요. 다행이다 싶다가도 참 신기했습니다."

단순히 그런 단어로는 설명이 부족한 여자였다. 이베트는 많은 것들이 보통 사람과는 달랐다.

전쟁터에서 돌아오는 길에 잠시 들렀던 어느 산골 마을에서 운명처럼 그녀를 만났다. 처음엔 우연히 마주친 줄 알았으나, 알고 보니 마을 촌장이 일부러 꾸민 짓이었다. 아무것도 모르는 순진한 여인을 시중을 들라며 보낸 것이다.

심지어 그녀는 자신의 이름조차 몰랐다. 본인이 누구이며, 왜 그곳에 있는지도 전혀 기억하지 못했다. 그녀를 돕기 위해 공작이 친히 나서 수소문을 해 보았지만, 그녀를 아는 이를 한 명도 찾을 수가 없었다. 전쟁 통에 사고를 당했거나 충격을 받아 그리된 것이라고 추측하는 수밖에 없었다.

해서 공작은 손수 이베트란 이름을 지어 주었고, 그녀에게 청혼했다.

다른 것은 아무 상관이 없었다. 그저 그녀를 곁에 두고 지켜보고 싶었을 뿐이다. 오래도록.

"이 초상화마저 없었다면 많이 아쉬웠겠지? 더 많이 그려 놓을 것을……."

"…그때는 마님께서 그토록 일찍 가실지 모르셨으니까요……."

이베트의 죽음은 커닝 집사에게도 가히 충격적이었다. 건강상의 문제가 전연 없던 분이기에 아이를 낳다가 돌아가실 거라고는 일말의 걱정조차 하지 않았었다.

16년이나 지났지만, 커닝 집사는 아직도 당시를 똑똑히 기억하고 있었다. 세상에 태어나자마자 어미를 잃은 쌍둥이 갓난아이를 리타의 엄마인 아리엘에게 맡긴 것이 바로 그였다.

성내의 유일한 산모였던 아리엘은 이후로 기꺼이 바일과 바율 형제의 유모가 되어 주었다. 폐렴으로 생을 마감할 때까지 온 정성과 애정을 쏟아 준 덕에 두 도련님이 무럭무럭 잘 자랄 수 있었다.

"바율이 이곳을 찾아낸 모양이지?"

"예? 아, 저 그것이⋯⋯."

란데르트 공작의 갑작스러운 질문에 커닝 집사가 흠칫하며 숨을 훅 들이마셨다.

"왜 그렇게 놀라나? 혹 바율이 비밀로 해 달라고 하던가?"

커닝 집사가 답은 하지 못하고 놀란 표정만 짓자 란데르트 공작이 피식 웃었다.

"나에게 들키기 싫었으면 이리 청소도 해 놓지 말았어야지."

"아!"

그제야 깨끗해진 실내 풍경이 커닝 집사의 눈에 들어왔다. 공작의 명으로 이곳은 출입 금지였기에 그간 청소를 하고 싶어도 할 수가 없었다.

"좋아하던가?"

"…아무렴요. 캐링스턴으로 돌아가시기 전까지 이곳에서 많은 시간을 보내셨습니다. 머릿속에 담고 싶으셨던 것이겠지요."

"녀석들이 힘들까 봐 그리했었네."

초상화만 바라보며 온종일 그리워하고 슬퍼할까 봐 치운 것이었다. 두 아들만은 자신처럼 괴로워하지 않기를 바라면서.

그러다 참기 힘들어지면 한 번씩 몰래 들어와 보곤 했었다. 날이 새도록 아무것도 하지 않은 채 초상화만 들여다본 적도 있었다. 그럴수록 그리움이 더 사무쳤지만, 공작에게는 다른 방법이 없었다.

"영주님의 속마음이야 잘 알지요. 바율 도련님께서도 이해하고 계실 겁니다."

"다른 이야기는 없었나?"

"…반지의 행방을 물어보셨습니다."

"반지?"

"네, 초상화 속에서 마님이 끼고 계신 반지 말입니다."

바율은 말하지 말아 달라고 부탁했지만, 이미 들킨 마당에 그거 하나만 숨길 필요는 없었다. 게다가 애타게 찾으시던 반지이니 영주님께 말씀드리는 것이 오히려 나을 수도 있었다.

"이유도 말하던가?"

"그게…… 좀 뜻 모를 황당하신 말씀을 하셨는데, 농담을 하시는 것 같지는 않았습니다."

"황당한 말을 했다고?"

"네, 한 나라의 운명이 달렸다고 하셨습니다."

나라의 운명이 달렸다?

십년전쟁이 끝나고 대륙은 점차 평화를 찾아가는 중이었다. 현재 전쟁이 터질 기미는 어디에도 없다. 드와이어트 제국의 행보가 조금 수상하지만, 주의 깊게 살피고 있으니 언제라도 대비가 가능했다.

한데 그런 상황에 고작 반지 하나에 나라의 운명이 달렸다라. 공작으로선 선뜻 이해가 가지 않는 말이었다.

"영주님께선 혹 짚이시는 것이 있으십니까?"

"아니, 전혀 모르겠네."

"무척 간절해 보이셨습니다. 제가 알지 못하는 것에 크게 실망하는 눈치이셨고요."

"나까지 궁금해지는군. 돌아오면 물어봐야겠어."

바율이 찾는 반지는 여전히 그의 목에 걸려 있었다. 이베트의 유품인 이 반지를 보며 녀석이 어떤 말을 할지 공작은 벌써부터 기대가 되었다.

"그리고 커닝."

"네, 영주님."

"이제 그만 아내를 놓아줄까 하네."

"…그게 무슨 말씀이온지……?"

"그간 창문 하나 없는 곳에서 얼마나 갑갑했겠나."

"영주님, 설마……?"

"비 내리는 풍경이 가장 잘 보이는 곳에다 옮겨 주게나. 나도 바울도 언제든 편히 찾아갈 수 있는 곳으로 말일세."

더 이상 숨길 이유가 없었다. 두 부자는 달라지기로 마음 먹었다. 아내의 죽음 역시 바일의 죽음처럼 그들이 이겨 내 야 할 숙제였다.

"잘 결정하셨습니다! 모두들 기뻐할 것입니다!"

마님을 기억하는 자들이라면 그 앞을 지날 때마다 허리 숙여 인사할 것이다. 커닝 집사도 그런 이들 중 한 명이었 다.

"오랜만에 산책이나 해야겠군."

비를 맞으며 걷는 것을 좋아하던 아내를 대신해서 말이다.

"저도 따르겠습니다."

"아니, 되었네. 일행이 방금 도착했거든."

란데르트 공작은 마지막으로 한 번 더 아내를 눈에 담은 뒤 아래층으로 내려갔다.

"뭘 두고 간 것인가?"

그곳엔 막 당도해 우비를 벗고 있는 사다드가 있었다. 업무 보고라면 진즉에 끝냈거니와 오후 일정을 전부 비운 상태였기에 그가 다시 올 이유가 전혀 없었다.

"아, 네. 공작 전하. 그건 아닙니다만, 찾아볼 책이 좀 있어서 들렀습니다."

"그래?"

"한데 어디 나가십니까?"

란데르트 공작의 손에 들린 우비를 발견하고 사다드가 묻자, 공작이 턱으로 사다드의 우비를 가리켰다.

"자네도 다시 입게."

"네?"

"나랑 같이 나가야 하거든."

"…제가요? 어디를 말입니까?"

"그냥 산책일세."

공작의 뜬금없는 명에 사다드가 고개를 돌려 창밖을 바라보았다. 폭우까지는 아니었지만, 절대 산책과 어울리는 날씨는 아니었다.

"싫은가?"

"그건 아니지만……."

"그렇다면 따라오게. 일행이 더 있거든."

란데르트 공작이 빠른 걸음으로 앞장섰다. 비라면 지긋

지긋한 사다드였다. 하나 그에겐 거부권이 없다. 사다드가 죽상을 하고는 공작을 뒤따랐다.

"재스퍼!"

공작이 향한 곳은 재스퍼와 녀석의 가족이 머무는 곳이었다. 공작의 부름에 새끼들과 뒹굴며 장난을 치고 있던 재스퍼가 벌떡 일어나 반갑게 짖었다.

"산책하자!"

"컹컹!"

"네가 제일 좋아하는 뒷산에 오를 건데, 싫으냐?"

"컹컹컹!"

"돌아오면 맛있는 육포를 내놓겠다. 루비와 새끼들도 함께 가자꾸나."

그야말로 여섯 식구가 총출동하는 날이었다.

"이렇게 비가 오는데 괜찮겠습니까?"

재스퍼와 루비는 성견이지만, 둘의 자식들은 아직 어린 강아지였다. 그에 사다드가 걱정을 내비치자 란데르트 공작이 고개를 내저었다.

"재스퍼의 자식들이야. 저 녀석은 이제껏 아픈 적이 한 번도 없었거든. 그리고 이미 빗속에서 뛰노는 거 안 보이나?"

공작의 말마따나 재스퍼와 새끼들은 엄연히 지붕 밑에

넉넉한 공간이 있는데도 바깥에서 비를 맞으며 뛰어놀고 있었다.

"해밀턴에서 태어났다면 사람이든 동물이든 비에 적응해야지."

예전이라면 모를까. 지금은 반드시 그래야 살아남을 수 있었다.

"시트린! 로즈! 스모키! 크리스탈!"

"왈왈!"

"왈왈왈!"

공작의 호명에 재스퍼의 새끼들이 바닥을 뒹굴다 말고 짧은 발로 열심히 뛰어왔다. 빗물과 흙으로 지저분해진 몸을 공작의 다리에다가 힘껏 비벼 댔지만, 공작은 인상 한 번을 찌푸리지 않았다. 오히려 미소가 한가득했다.

"그 이름들, 정녕 공작 전하께서 지으신 게 맞습니까?"

"아비와 어미의 이름이 보석이지 않은가."

재스퍼와 루비.

각각 바율과 리타가 지어 준 이름이었다.

"이왕이면 통일성을 주고 싶었지."

"통일성도 좋지만 이름이란 게 생긴 모습이라던가 하는 행동과 조화로워야 하는 법인데…… 이놈들은…… 하아!"

사다드는 말을 채 끝맺지 못했다. 그도 그럴 것이, 새끼

들의 총공세가 시작되었기 때문이다. 자기들 얘기를 하는
것을 알기라도 하듯 녀석들이 사다드의 바짓가랑이를 물고
늘어졌다. 그 덕에 그의 바지 색이 점점 흙색으로 변해 갔
다.

"이 산책, 꼭 가야 합니까?"

사다드가 마지막 저항을 해 보았지만 어림도 없었다. 란
데르트 공작이 손가락을 까닥이며 뒷산을 향해 나아갔다.

"컹컹!"

그 뒤를 재스퍼와 루비가 따랐고, 보석 사인방에 둘러싸
인 사다드가 울고 싶은 심정으로 무거운 발걸음을 내디뎠
다.

3.

"컹컹! 컹컹!"

"그렇게 자꾸 뒤처질 텐가?"

"갑니다, 가!"

사다드가 조금만 꾸물거리면 앞서가던 재스퍼가 귀신같
이 알고 짖어 댔다. 그러면 란데르트 공작이 핀잔을 주고,
이어 보석 사인방이 왈왈거리며 사다드에게로 달려왔다.

"대체 내가 이 빗속에서 뭐 하는 거람."

타이밍을 잘못 잡아도 너무 잘못 잡았다. 하필이면 왜 그때 그 책이 필요해서 이 고생을 하게 되었는지. 과거의 자신이 원망스럽다.

"어째 요즘 불평이 는 것 같군."

"비라면 질색이라서 그럽니다."

"그럼 우산이라도 들고 오지 그랬나."

"공작 전하께서도 빈손이신데, 제가 어찌 혼자 우산을 쓿니까?"

"언제 그렇게 내 생각을 했다고?"

란데르트 공작의 반문에 사다드가 몹시 억울하다는 듯한 표정을 지었지만, 이미 공작은 말을 마친 후 저만치 걸어가고 있었다.

"왈왈!"

보석 사인방이 바짓단을 당기며 얼른 가자고 사다드를 재촉했다.

"어휴, 징그러운 놈들!"

말로는 투덜거려도 새끼들을 내려다보는 사다드의 눈빛은 내내 부드러웠다. 그가 걸음을 빨리하자 신이 난 듯 녀석들의 뜀박질에도 속도가 붙었다.

"데릭은 어쩌고 있나?"

한참을 말없이 걷던 중이었다. 사다드를 위로하기라도 하듯 빗줄기가 다소 약해졌다. 새끼들의 재롱을 흐뭇하게 지켜보던 란데르트 공작이 불쑥 물었다.

"평소와 별로 다르시지 않습니다. 식사도 꼬박꼬박 잘 챙겨 드시고요. 주로 책을 보시거나 팔 굽혀 펴기, 턱걸이와 같은 간단한 운동을 하며 시간을 보내십니다."

"리암은 아직도인가?"

"네, 뭐……."

데릭은 조사를 통해 광물을 빼돌린 혐의가 입증되어 징역 2년 형을 선고받았다. 본디 해밀턴의 특산품을 몰래 횡령하여 사익을 취한 죄에는 더 무거운 형벌이 내려져야 했지만, 그간의 공로도 있음을 인정하여 2년으로 줄인 것이었다.

도시에 성행하던 불법 도박장 역시 이참에 모두 단속을 통해 문을 닫게 만들었고, 운영자는 물론 가담한 이들 전체를 엄벌에 처했다.

데릭이 감옥에 갇힌 후로 리암은 면회를 한 번도 가지 않았다. 그것이 아들에 대한 배신감 때문인지, 아니면 부모로서 제대로 돌봐 주지 못한 것에 대한 죄책감 때문인지 공작은 잘 모르겠다.

단지 동생의 속이 편치 않다는 것만큼은 확실하기에 란데르트 공작 역시 마음이 좋지 않았다.

"시간이 좀 더 필요한 모양이네."

공작이 해 줄 수 있는 것은 없었다. 부자간의 벌어진 틈은 시간이 알아서 해결해 주리라. 매우 안타까운 일이나, 당장 누가 도와준다고 해서 될 일이 아님을 공작은 경험을 통해 잘 알고 있었다.

"그나저나 헤이즈는 어쩌실 겁니까?"

"…헤이즈는 뭐라던가?"

"물어서 뭐합니까. 그 녀석이야 공작 전하가 명하시는 대로 따르겠지요. 아직 결정하지 못하신 겁니까?"

무언은 긍정이라 했다. 평소와 다른 란데르트 공작의 미온적인 태도에 사다드가 잠시 망설이다가 재차 물었다.

"황태자 전하가 염려되시는 겁니까?"

"황도에서 캐링스턴까지는 무척 먼 거리다. 어떤 일이 생길지 알 수가 없지."

"만월 기사단에는 헤이즈만 있는 것이 아닙니다."

"안다."

"캐링스턴에는 이언 선배도 있지 않습니까? 꼭 헤이즈가 아니더라도 황태자 전하를 호위하는 데는 아무런 문제가 없을 겁니다."

"자네는 헤이즈가 가는 것이 싫은가 보지?"

"당연한 것 아닙니까? 헤이즈만 콕 짚어서 요청한 것이 무슨 뜻이겠습니까? 솔직히 저는 이번에 황태자 전하께 크게 실망했습니다."

황제가 아들인 린데만 황태자의 캐링스턴 방문을 허락한 데에는 만월 기사단이란 배경이 있었다. 황실 기사단으로는 안심할 수 없었던 황제가 란데르트 공작에게 특별 요청을 해 온 것이다.

만월 기사단 전원을 원한 것은 아니었고 차출 형식의 요청이었는데, 그 인원에 반드시 헤이즈가 있어야 한다는 공문이 포함되어 있었다.

명목상으론 황실 파티 때 예거 단장을 물리친 그녀의 실력을 높이 사기에 그렇다고 쓰여 있지만, 사다드는 믿지 않았다.

황태자가 헤이즈에게 마음이 있다는 건 진즉부터 알고 있었다. 황제의 결혼식 때에도 헤이즈에게 수작을 거는 모습을 이미 여러 번 목격했다. 권력을 이용해 사람을 함부로 부리는 것을 사다드는 가장 경멸했다.

"감정이라는 것이 원래 뜻대로 되지 않는 법이지."

"지금 황태자 전하를 두둔하시는 겁니까?"

"그리 보이나?"

"네! 엄청요!"

"…설마. 아니지?"

"뭐가 말입니까?"

갑작스러운 공작의 물음에 사다드의 눈이 동그래졌다.

"좀 심한 것 같아서 말일세."

"심하다니요?"

"본인 일도 아니면서 왜 그렇게 열을 내는 거지? 정작 당사자인 헤이즈는 평소와 다름없는데 이상하군. 자네 혹시 헤이즈를……."

"헐! 그 녀석을 제가 좋아하는 거냐는 말씀입니까?"

사다드의 입이 쩍 벌어졌다. 절대 당황한 얼굴이 아니었다. 더없이 황당해하고 있었다.

"아니면 되었네."

"후배를 걱정하는 제 마음을 그리 오해하시다니 공작 전하께 좀 실망입니다."

"이제는 내 차례인가?"

오늘만 실망이란 말을 두 번이나 입에 담는 사다드였다. 란데르트 공작이 피식 웃고는 근처의 나뭇가지를 꺾어 멀리 던졌다.

"컹컹!"

"왈왈왈!"

그러자 재스퍼와 새끼들이 서로 줍겠다며 마구 달려 나갔다.

"자네 마음은 이해하네. 헤이즈는 나도 아끼는 녀석이야."

"그런데 왜 보내시려는 겁니까?"

"난 아직 보낸다고 하지 않았는데."

"고민하시는 이유가 보내려고 그러시는 거 아닙니까? 애초에 그럴 생각이 없으셨으면 일찍이 안 된다고 거절하셨겠지요."

란데르트 공작을 한두 해 보필한 것이 아니었다. 사다드는 이미 결과를 어느 정도 예측했다.

"난 헤이즈의 의견을 존중할 것이다."

"그 녀석이야 공작 전하의 명이면 뭐든 따를 겁니다. 헤이즈를 그렇게 모르십니까?"

"녀석을 모르는 건 내가 아닌 것 같은데."

"예?"

"이번 주 내로 결정하라고 했으니 곧 답이 나오겠지. 이번엔 좀 더 멀리 던져야겠구나!"

나뭇가지를 주워 온 건 재스퍼였다. 녀석에게서 나뭇가지를 건네받은 공작이 이전보다 힘껏 세게 다시 던졌다. 녀석들이 또 한 번 시끄럽게 짖어 대며 뛰어갔다.

"그냥 아예 공작 전하께서 가시는 것은 어떠십니까?"

"…내가?"

"네, 바율 도련님께서 공부하시는 곳인데 궁금하지 않으십니까? 캐링스턴은 가 보셨지만, 아카데미는 아니지 않습니까."

"그거야 그렇지."

란데르트 공작이라고 어찌 궁금하지 않겠는가. 바율과 떨어져 지내는 동안에는 녀석이 어찌 지내나 하루도 빠짐없이 생각한다.

"가을 축제는 외부인도 참석이 가능하다 들었습니다. 이참에 도련님도 뵙고, 황태자 전하도 안전하게 모시고, 이 정도면 일석이조 아닙니까?"

"초대를 받은 자에 한에서이네."

"초대요?"

"제인이 그러더군. 가을 축제에 가고 싶으면 초대장이 있어야 한다고."

"그거야 일반인에게나 해당하는 것이겠죠. 설마 초대장이 없어서 못 가신다는 말씀은 아니시죠?"

란데르트 공작이 누구인가?

대륙을 피바람으로 물들인 십년전쟁을 끝낸 종결자, 제국의 살아 있는 전설이었다. 공작에게 초대장 따위는 그저 종잇조각일 뿐이었다. 그러한 것이 없어도 어디든 갈 수 있는 존재가 바로 그인 것이다.

사다드가 진정 황당하다는 듯 자신의 주군을 바라보았
다.

"사실 기다리는 중이네."

"…초대장을 말입니까?"

"혹시 모르지 않나."

"그 말씀은…… 바율 도련님의 초대장을 기다리신다는
말씀으로 들립니다만."

"맞게 들었네. 그 녀석이 초대하지 않으면 의미가 없지."

"황태자 전하께서 도련님에게 의전을 부탁하신다고 들
었습니다. 초대장을 보낼 정신이 있으시겠습니까?"

"아비를 잊지 않았다면 보내지 않겠나?"

감히 예견하건대 행여 초대장을 받지 못하시면 크게 상
심할 분위기였다.

'도련님께 몰래 편지라도 써야 하나?'

주군의 심기를 위해서 그래야 하는 건지 어쩐 건지 사다
드는 순간 심각한 고민에 휩싸였다.

"그보다 드와이어트 제국에선 소식 없는가?"

"네, 아직입니다."

"로이안 황제가 본국에 도착한 지 얼마나 되었지?"

"열흘 정도 되었을 겁니다."

"사신단 전부 귀국한 것이 확실한가?"

"숫자로는 이상 없었습니다."

"계속 주시하라 명하게. 얼굴 하나하나 대조해 보도록 하고."

드와이어트 제국의 사신단에는 고수가 대거 끼어 있었다. 그중 분명 누군가 첩자로 남아 있을 확률이 컸다. 끝까지 눈을 떼서는 안 되었다.

"재스퍼! 그만 하산이다!"

란데르트 공작이 수풀에서 뛰어노는 재스퍼의 식구들을 갑자기 불러들였다.

"한창 신나 보이는데, 조금 더 놀게 해 주시지. 어째서 벌써 내려갑니까?"

"언제는 싫다더니."

공작이 턱으로 사다드의 등 너머를 가리켰다.

"무슨 일이 생긴 모양이다."

사다드의 감각에는 아직 아무 기척도 느껴지지 않았다. 하나 란데르트 공작이 그렇다면 그런 것이다. 그의 주군은 틀리는 법이 없었다.

아니나 다를까.

잠시 후, 능선 끝에서 만월 기사단 한 명이 급히 달려오는 것이 보였다. 다급함이 여기까지 느껴질 정도였다. 자연스레 란데르트 공작의 미간에 주름이 갔다.

"네가 여기까지는 어인 일이냐?"

도착한 사내는 사다드가 직접 수행 기사로 키우고 있는 수하였다. 오늘 해야 할 일이 아직 한참이나 남았을 터인데, 무슨 일로 온 것인지 의문이었다.

"드와이어트 제국에서 날아온 급보입니다."

"누가 보냈지?"

"블랙 캣입니다."

블랙 캣은 란데르트 공작이 드와이어트 제국에 직접 심어 놓은 첩자였다. 만일을 대비한 카드이기에 웬만해서는 움직이지 말라 명하였는데, 예감이 불길하다.

"뭐라고 하더냐?"

"바라첼 상황이 죽었답니다."

"그건 이미 알고 있다."

"…하온데 그 사인이 자결이라고 합니다."

"뭐라? 자결?"

란데르트 공작은 놀라지 않을 수 없었다. 그의 죽음에 어떤 비밀이 숨어 있을 거라 내심 짐작은 하고 있었다만, 그 짐작의 어디에도 자살이라는 상황은 놓여 있지 않았다.

"그게 진정 사실이냐? 바라첼 상황이 정말로 자결을 했다고?"

사다드 역시 믿기 힘들다는 듯 수하에게 되물었다.

"직접 가서 보십시오."

비 때문에 서신을 가져오지 못했다. 란데르트 공작과 사다드가 서로를 돌아보고는 서둘러 본성을 향해 내려갔다. 서쪽에서 거대한 먹구름이 몰려오고 있었다.

〈다음 권에 계속〉

4컷 만화

바르

· 정령의 펜던트 ·

보너스 4컷 만화

❖ 빅피 ❖

아몬

요리사

자! 오늘이야말로 맛있는 걸 만드는 거예요!

예, 사부님!

이번엔 처음부터 끝까지 옆에서 코치해줄 거니까

맛이 이상해질 틈이 없을 거야.

흐흥

해냈습니다, 사부님!

이 자태! 맛도 틀림없을 거예요!

쿵

대체 뭘 어떻게 하면 저렇게 되냐구요!!

정원사   ## 그리고 절망